フランダースの声

火曜日

エルヴィス・ペーテルス
鈴木民子 訳

松籟社

Dinsdag
Elvis Peeters
Tamiko Suzuki

火曜日

DINSDAG

by

Elvis Peeters

Published by special arrangement with Uitgeverij Podium in
conjunction with their duly appointed agent and co-agent
2 Seas Literary Agency and Japan UNI Agency, Inc.

This book was published with the support of
the Flemish Literature Fund (www.flemishliterature.be)
and the Flanders Center (www.flanders.jp).

Flemish Literature Fund

FLANDERS CENTER

Translated from the Dutch by Tamiko Suzuki

「火曜日？」

「いや、水曜日だったと思う」

ジョン・ケネディ・トゥール『愚か者同盟』

さあ、よく耳を澄まさねば、さあ、よく耳を澄まさねば、もう最初の日の光が隙間から、そして二番目の日の光も隙間から差しこみ、太陽が屋根の上空を走行中、というところだ。最初の光が差しこむところを、彼は見たわけではないが、日脚が頬を這うのは感じとっていた。

その後、彼はほんのしばし薄目を開けた。

するとちょうど、二番目の日の光が隙間から入るところだった。彼はすぐにまた目を閉じる、それが毎朝の習慣だ、さあ、よく耳を澄まさねばと思って。

布団をかぶり、耳をそばだて、彼女の気配をうかがう。カサカサ鳴る音、鳥の羽ばたき、そよと吹く風、ほんのわずかに鳩と思しき声、彼女は今回どのように知らせてくるのだろう。どんな物音だろうと、彼は聞き分けるだろう、毎朝これぞ彼女の音だとわかるように。

時間はたっぷりある、時分を見計らって彼女はやって来る、早まることはない、私はそれにしかと気づくし、一度たりとて間違えたことはないのだ。彼女は私を見捨てたりはせず、屋根の棟の上を注意深く歩く、軽快な足取りが聞こえてくるだろう。

私は屋根の下、つまり天井裏で寝起きしている、この家ではこれより上に昇ることはできない。窮屈だが居心地はよく、古い一軒家で、かび臭く、屋根の瓦と瓦との隙間には藁《わら》が詰めてあり、それはもう何年もの間、取り替えていない。私がここで寝ていることを誰も知らず、知る必要もなく、知ったところで、社会福祉課の若い娘が家のことでおせっかいを焼きにくるぐらいのもの、そういうふうに誰だかから聞いたことがあって、その当時はまだ、この手の話題についておしゃべりをする相手がいたものだ、と彼は思いながら、聞こえてくるはずのものが聞こえてくるのを待っていた。

けれども、静まりかえったままだった。

ゆっくり休ませてやろうというのだろう、私が疲れていることを知っているからだろう、朝っぱらから、両脚にひどい疲れを感じているのだ、まるで夜通し出歩いていたかのように。じっさいはただ、ベッドに横になっていただけなのに、昨夜はここ天井裏まで来るのに、ふたつの階段をよじ登っただけなのに。

彼女が降り立ったことがはっきりとわかるまで、彼は目を閉じたままでいる。

やあ、いらっしゃい、ちょうど寒くなってきたところだった、彼女が着いたら、彼はこう言うつもりだ。

垂木《たるき》と屋根のあいだを隙間風が戯れている。

新しい藁を手に入れなくてはなるまい、もうじき夏がくるから、穀物の茎を刈り取って乾燥させることができる。起きたらすぐにでも着手すればいいだろう。

だが、まずは落ち着いて聞こう、彼女が屋根の上に舞い降りて、道を見つける様子を。一日を始めるためには眼を開こう。布団をめくり、私の存在を真に見出だす光をおがむとしよう、数本の筋ではなく、部屋中のものをはっきりと照らしだす溢れんばかりの光を。


上着とズボンが、ドアの横にある釘に辛抱強く掛かっている。擦《す》れていくらか傷んでいて、ズボンの膝は抜け、上着の袖は肘に当たるところが弛《たる》んでいるのが、彼にはわかっていた。ドアの横、上着とズボンを掛けた釘のすぐ下には椅子がある。その上にはソックス。肘かけにはシャツ。目にも鮮やかなライトブルーで、ボタンは光沢を放っている。ただし、上から二番目のボタンだけは例外で、ここだけがくすんでいる。撫でまわしたせいなのか、そこだけ頻繁に開け閉めしたせいなのか、ともかく擦れて輝きを失ったのだろう、と思っていた。

シャツの右前立てには、ボタンの列と胸ポケットの間にしみがあるが、目立ちはしない、ほんの少しミルクをこぼした跡だ。たいそうなしみではなく、光の当たる角度が変わればわからないほどで、綿糸の濃淡が織りなす小さな斑《まだら》といったところだ。そろそろシャツを洗濯に出さなければ、たんすには糊のきいたシャツがまだまだ山ほどあるのだから、と、ここ数日ずっと考えていることを、また考える。

着替えても、どうせまたブルーのシャツを着るわけで、他の色はないに等しく、スーツ用の白色はあるけれど、そのスーツを着たのもずいぶんと昔の話で、これから先、正装するあてもないし、次に身に着けるとすれば、私があの世に行く時ぐらいだろう、その時は、社会福祉課の若い娘か納棺夫が、死に装束を着せてくれるだろう。

椅子の横には、母親が亡くなった時に持ち帰った、白いエナメル塗装にブルーの縁取りを施した金属製の尿瓶《しびん》がおいてある。それは、彼に相応だと考えて母親が残した形見の中からひとつだけ持ち帰ったものだった。下の部分はエナメル塗装がすこし剝がれ、小さなしみがあるものの、錆びてはいない、かれこれ三十年以上も前からひびが入っているのに。その尿瓶が丈夫だということを彼はよく知っていた。中には底が見えなくなるぐらいの漂白剤が入れてある。ふたを持ち上げると、その臭いが天井裏に立ちこめた。時折、ベッドにもぐりこむ前に、わざと蓋を持ち上げてみることがある、すると部屋に消毒の空気が漂うのだった。

ベッドの傍らには、スリッパが置いてある、一年以上も前にがらくた市で購入したカーペットの上に。黄土色で毛足の長いカーペットは、心地いい柔らかさで、足元が暖かい。彼はそのカーペットを丁寧に扱った。階段を上がる際は、カーペットを丸めて肩に担ぎ、途中で休憩を二回はさんで、疲れはしたものの息を切らすほどでもなく、昔はもっと重い荷物を担いだものだが、それは死体を引きずって天井裏まで運んでいるかのような重みがあった。まだ成年に達する前の、それでも銃や手榴弾を運ぶには十分な年頃だった時の体力は、もう残っていなかった。

昔は目もはっきりと見えて、眼鏡をかけたことなど一度もなく、腕の良い射撃手で、狙いは確かだった。時々あの頃を思い出すのは、やるべきことがほとんどないため、ふと自らの半生について考えめぐらすからだろう。それは、今のように、安らかな気分で何かを待っている時に、よく起こることだった。深慮を巡らすわけではなく、ちょうどアルバムをめくるように、情景や雰囲気を思い起こし、分析や考察はいっさいしない、すべてが終わったことであり、彼の人生で何らかの役割を担っていたにすぎず、世界の流れを決定づけるほどのものではなかったものたち、それは最初から決まっていて、深く掘り下げるのはエネルギーの無駄遣いでしかない。

そうこうするうちに彼女がやって来た、私には聞こえた、彼女が舞い降りて私に気づかせてくれたのが。

一日が始まるぞ、と彼は体から布団をはいだ、他のことをする時とかわらずゆっくりとした動作で、その動きは鈍かった。昔は、腕を勢いよくひと振りして布団をはねのけ、そのまま胸元に陽の光を叩きつけたものだ。今はベッドの縁に注意深く腰をおろすと、日差しが彼を優しくなでつけるなか、カーペットの心地良い感触を味わいながら、スリッパの位置を足でさぐる、スリッパはまるで両足のねぐら、そう見えるのは、古い寝藁のようなありさまだからで、擦り切れて、内側の毛が絡み合って固い毛玉と化し、彼の足の胼胝《たこ》のように固く、汗のすえた臭いがした。

彼は週二回、足を洗うことにしていて、明日がその日にあたる。これは習慣で、彼は足を汚すようなことはしなかった。けれども、今日はおそらく汚れるだろう、屋根に葺《ふ》く新しい藁を探しに行くのなら。

自分で乾燥させる草なら、町中《まちなか》でも簡単に見つけることができるぞ、と思いつく。

これで午後をまるまるつぶすことができる、とにかく道なりに歩きつづけ、ディーペ通りを抜け、突き当りまで来たら、そこを右に折れ、商店街の坂道を登り、名前をまた忘れてしまったけれども、曲がり角にコインランドリーがある、そこでよく立ち止まって、いつも女性が二、三人、座っておしゃべりに興じている姿を窓越しに眺める、たいていは東欧系だが、たまに黒人もいたりするのだった。黒人女性がコンゴ出身かどうかを見分けることができると、未だに思っているけれども、本人に聞いて確かめてみたことは一度もなく、ただ眺めているだけ、それで十分だ。独特の極彩色の織物を身に着けていることはごく稀だったが、彼女らの腰や尻は、ヒールの高い靴やパンティを履いていてもごまかせるものではない。

コインランドリーを後にして登り坂を進むと、空き地があり、そこにきっと草が生えている。曲がり角を過ぎ、住宅街の狭い路地を縫って進んでいく。あそこには穀物畑があるだろう。以前はそうだった、今も変わりはないだろう、世の中はそう早く曲がり角を迎えるものではない。

工具箱の中には上質の短刀があり、それには黒い木製の握りがついていて、カーフ革のケースに収まっている。これに油を差してクッキングシートに包み、何年も前の話だが、一度磨いたことを思い出した。短刀を片づけたときは、もうこれきり用はないだろうと思っていた。

短刀はイタリア製で、羊飼いのために作られたもの、コゼンツァの市場で売り子の可愛さにつられて思わず買ってしまった。あの子は、トラックの中でキスをさせてくれたり、体に触らせてくれたりした。私はまずフランス語で作ったせりふを片言《かたこと》のイタリア語におきかえてしゃべった、コンゴで現地の数言語を使いこなしていたように、ひとつの言語の型を他の型に当てはめるのだ、というのも、言語が重要なのではなく、自分の要求をはっきりと伝えることが一番肝心なことだと学んだからだ。

あの子はローマに、場合によってはブリュッセルに一緒に行くつもりだったが、私にはその気はなかった。私が持ち帰ったのは、この短刀だけだ。売り子は登場するのが早すぎた、その後エルナと出会ったが、彼女はイタリア娘に似通った点も多い気がした、ただエルナのほうがあの娘より十歳年上だった。

彼は回想を打ち切って立ち上がり、あれこれ雑事を考えたり、白昼夢にふけったり、思いなおしたり、ちょっとした決意をしたりした、そのさまは走馬灯のように、また儀式のごとく同じことの繰り返しで、七十六年分の記録が、整理されずに、雑然として、収拾がつかない状態だった。

考え事は折を見て完結させることにした。彼はもう服を着て階下へ行き、コーヒーを淹《い》れ、たばこを吸わなければならない。

愛用のスリッパを履いて歩く、なじみの感触だ。

まるでベッドの安らぎや心地よさのように、彼の両足をきれいに包みこんでくれる。しばし佇《たたず》み、部屋を見渡す。ベッドは布団がはがれ、枕には彼の頭のくぼみが残っている。毎朝、そのくぼみの深さに驚く。

毎晩、枕をゆすり、手のひらで撫でつけて平《たいら》にしてから、頭を降ろす。枕はやわらかく、彼はその中にゆっくりと沈んでいく、だが深くはなく、枕に深く沈んだ気がしたことはなく、それでも毎朝、自分の頭が夜ごと重くなっていくかのような痕跡に驚くのだった。

伸びをする、と同時に血が通い始める、血流を取り戻す合図を、睡眠と休息を追いやろうという合図を、待ってましたとばかりに。

靴下をもって椅子に腰掛け、スリッパを足元にぬぎ落とす。スリッパは大きな音を立てて床に落ちる。彼が毎朝、二度耳にするなじみの音だ。

私の耳はまだ健在だ、ぼやいてはいけない。目のことも、耳のことも、関節のことも。下あごには、入れ歯が要らないほどしっかり歯が残っているけれども、上あごの歯だけは人工のものだ。

入れ歯をはめれば、私の口元はまだまだ綺麗なもんだ。


靴下を履き終えると、パジャマのボタンを外して脱ぐ。それから、首まわりや胸元を撫でまわす、襟ぐりの深い肌着を着たまま、内側に片手をつっこんで。毎晩、着替えのときに、これも脱ごうとは思うけれど、どうしても毎回身に着けたままにしてしまうのは、自分の肌のぬくもりが残っているからだ。

私は終日、肌着を汚すことはしない。

それに肌着を身につけたままだと冬は背中が暖かく、夏の猛暑でも着ているのが気にならないほどの薄さだ。毎回、体を洗う週の土曜日には、彼は清潔な衣類を身につける。

胸元から脇腹にまわって、尻まで撫で、それから背中のわきに沿って再び上の方へと手早く撫でていくが、腕はもうしなやかさを失い、関節が固くなっているせいで、背中の真ん中には手が届かない。

次に、椅子にかけたシャツをつかむと、わずかな動作で身につける、ボタンを掛けるのに手間どり、一番上のボタンだけは外したままで、その上から上着を羽織った、ボタンを留めずに。

支度は整った。肌を撫でるのを終え、ボタンを掛けずに上着を羽織り、軽快な足音も耳にした、一日の幕開けだ。

釘に掛けたズボンを取り、左腕にトーションのように掛け、使わなかった尿瓶は置いておく。狭い踊り場に通じるドアを開けると、階段のすぐ際《きわ》に立つことになる。右手で階段の手すりを摑《つか》む。転ばぬ先の杖というものだ、毎朝、最初の階段を降りる時は、ふいに眩暈《めまい》がしたり、踏み板を一段踏み外したりするかもしれないと考えて。

心の準備はできていても、体が慣れるまでには時間がかかる。彼の年齢だと、思うように体は動かず、突然、血圧が下がったり、ついぼんやりしてしまうことがないとも限らないから、階段の手すりをしっかりと摑んでいるに越したことはないだろう。

最初の階段は最も段差が大きいうえに、最も幅が狭いので、彼は慎重に降りなければならない。給仕のように腕にズボンを掛けていることで、階段を降りることが厳《おごそ》かなものになる、素晴らしい始まりだ。

尿瓶も運ぶ日は、厳かな気分は失せ、サーカスか何かで演じている気分が勝り、その日を真剣にとらえるのが困難になる。

一度だけ、実際にサーカスの舞台に立ったことがあるな、と彼は思い出す、子供のときだ、教区のホールで、木製の馬を体の前に括《くく》りつけて、馬の頭を手綱で操っていた。何の役を演じていたのかは、もうわからない。騎手かカウボーイかナイトだったような気がするが、剣や投げ縄、楯といったものまであったかどうかは頭に浮かんでこない。台詞《せりふ》があったのかどうかは思い出せないが、これは本物じゃない、家ではマックスに乗っているんだぞ、と叫び、ホールにいた人たちが笑い出したのだけは覚えている。

両親や兄と姉がいるあたりから拍手まで巻きおこった。父の豪快な笑い声は他の誰よりも大きくて、倅《せがれ》の言うとおりだ、とそれを認める声が聞こえた。

実際、父親は彼をよくマックスに乗せ、それは飼っている馬の中で最も大きな月毛の馬で、その後ろに砕土機をつけて草原を歩いていた。彼は鈴のついた馬具をしっかり握っていたけれど、支えきれないと感じて、膝も使ってみようとしたが、彼の短い脚に馬の背は広すぎた。彼は高い位置に座っていたので、草原の遥かかなたまで見渡すことができた。時折、振り向いてみた。父親は、片手に手綱を持ち、もう片方の手はポケットに入れて、砕土機の後ろをついて歩いた。

ふたりとも無言だった、彼も父親も。鈴の音、馬の重々しい足音、そして土地を耕す砕土機の騒音だけが聞こえていた。

作業が終わると、父親は彼を地面に降ろした。すると、馬の汗で太ももや膝が濡れ、いやな気分になり、泣き出しそうになった。汗はズボンに染み渡り、尻までずぶ濡れだった。風で早く汗を乾かそうと、耕したばかりの畑に足を横に大きく広げ、その状態のまま歩いていったらよろめいてしまい、父親が微笑んだ。

木製の馬の頭は、これと比較すると、お粗末なものだ。

彼は舞台で馬鹿らしいと感じながらも、笑いが起こるのが嬉しかった。

まず昔の寝室へ行こう、と思い立つ、彼が昔の寝室と呼んでいるのは、天井裏に来る前にこの家の中でいつも寝起きしていた場所だからだ。そこにはまだ、カバーの掛かったダブルベッドが置いてある。シモネが施設に移ってしまってからも、彼はこのベッドに半年だけひとりで寝ていた。

シモネを預けることに同意するときは心が痛んだ。当日の朝、彼女の体を洗い、服を着せる、そこまではいつも通りだったけれども、その日は、以前ふたりが日曜日によく作っていたように、彼女の大好物の目玉焼きに、レーズンパン、それに菓子パンという、豪華な朝食も用意した。

まるで拗《す》ねた小さな子供のように、彼女は食事をとり、吐きだしてしまうこともあれば、気まぐれで受けつけないこともあり、たいていは飲み込まずに、粥状になって顎《あご》を伝って滴《したた》り落ちるほどになるまで、口の中ですすったり噛《か》んだりしていた。

彼は、シモネの傍らに座り、卵の黄身をつけたパン切れやら、小さくちぎった菓子パンやら、細くちぎったレーズンパンやらを、根気よく彼女の口へと運び、シモネが指差せば、ミルクと水でぬるめたコーヒーを入れたマグカップのノズルをその唇にあてがい、シモネ、シモネ、と、自分が誰なのかわかるように彼女の名前を百回は繰り返し、ふたりで過ごしたこれまでの短い生活のあらゆる出来事を、ひっきりなしに彼女に語りかけ続けた、救急車が家の前に到着するまで。

玄関ドアまで彼女に付き添い、車に乗るのを介助していると、シモネは移動遊園地のアトラクションにでも乗りこむかのように嬉しそうにはするけれど、彼が理解できる内容はいっさい口にせず、彼女が何かしら把握しているのかどうか、推し量ることはできなかった。彼は涙を見せずに手を振って見送った。

晩にはもう彼女を見舞いに行ったが、朝食のテーブルを一日中そのまま放っておいて、バスの停留所に向かう段になって、ようやく片づけをするありさまだった。終日、何も喉を通らなかった。

一年半近くに渡り毎日、施設の手狭なシモネの部屋に通い続けた。アルツハイマー病だか何だかの認知症で、彼女の脳は萎縮していた。最初の頃、彼女はわけのわからないことをしゃべった、だらだらと、くどくどと、いつも同じ内容で、そして彼女が待ち望んでいたような返事を、もしまだ何かを望んでいたのだとすればだが、誰も返してくれないことに不平を鳴らし、その時、彼女の声は甲高くて落ち着きのないものとなり、おしゃべりは止めどなく続き、彼はただ彼女を宥《なだ》めることしかできず、しまいにはシモネは何も言わなくなり、時折ため息をついたり、小声で何やら不服を唱えたりするだけとなった。

ある日、彼女はこの世を去った。

昔の寝室に入るドアは、いつもすこし開けてある。

これで、部屋はかび臭くならない、と考えてのことだ。

衣類をたんすに片づけない時は、服だけがベッドの上に横たわっている。

彼は、パジャマのズボンを脱ぐために背中を丸めた。洗濯済みのズボン下をたんすから取りだすために、そちらの方を向くと、カーテン越しに差しこむ埃《ほこり》っぽい烈日の中に浮かび上がる彼の姿が、たんすの扉についた鏡に映っていた。

しばし動きを止め、視線を落としてシャツの下できらめく黒ずんだ部分に目をやる。陰毛の大部分は白髪になり、もうそれほど濃くもない。性器は元気なく垂れ下がり、年老いて曲がった指のように皺くちゃで、皮膚はしみだらけになり、ふぐりは細く痩せこけていた。

こいつは、もうずいぶん天を仰いでいないな。今こいつの後を追えば、墓場に落ちるぞ。

彼は、迷うことなく、よろめくことなく、ズボン下に足を通すと、姿勢よく立ち、柔らかいフランネル生地が睾丸を包みこむ位置までひきあげた。

それからズボンを履き、注意深くベルトを通すと、長年のならいで、四番目の穴にピンを通す。体重は増えも減りもしていないのに、以前より肥えてふくよかになったように見える、それは老人にはありがちなことだった。

しかも、酒の類を問わず浴びるように飲んできたにもかかわらず、ビール腹にはなっていない。飲んだアルコールは用を足すときに流れていった、自分のムスコに感謝しなければな、と笑みをもらす。

浴室で、両手を使って冷水で顔をこすり洗う。

シモネは、下品だ、と嫌がるだろう。しかし私の手は大きすぎてウォッシュタオルに入らない。もう誰もそのことを気に掛けることはない。社会福祉課の若い娘は、おそらく衛生上よくないと考え、報告書に記入するだろうが。

けれども、朝のこんな早い時間に彼女が現場を押さえることはできないし、来たためしもない。

彼は入れ歯を口にはめる、鏡で顔を見ることなく、鏡を見るのは髭《ひげ》を剃るときだけだ、髭は朝食が終わってから剃る。今でもまず瓶入りの整髪油を手につける。もう長年に渡り続けている日課で、いつの間にか、髪の毛の納まり具合や整い具合が、手加減でぴたりと決まるようになった。色あせた眉毛、大きく窪んだ目元、骨ばった輪郭、丸い鼻、刈り込んだ顎。ここ数年、彼はいよいよ禿げ鷲の雛《ひな》のようになってきた。

コンゴから戻ったとき、車を所有する唯一の親戚である伯父と伯母が、ヴォルガM21という乗用車に乗って空港で待っていた。ふたりは私だということに気づかなかった、私が口髭と顎髭をはやし、赤毛で、いわゆる宣教師さながらの風貌だったからだ。当時、三十歳には程遠い年齢だったが、老けて見えたに違いない。彼らは私を車で家まで送り届けてくれた。母と兄が家の外に出てきたとき、私はもう車から降りていた。スーツケースとカーキー色の背嚢《はいのう》を車のトランクから取り出すと、佇んだまま家の敷地や農園を見渡した。

二月の空気が私の息に食らいつき、湯気を吐かせた。私は笑っていたが、目は忙《せわ》しなく動き、近づいて私を取り囲むものすべてを、針で突き刺すかのように見つめていた。母は私の方へ数歩かけよると立ち止まった。

私たちは互いを見やった、母は痩せさらばえて、くたびれた眼差しをしていて、私は筋骨隆々のなで肩で、それは翼が再び立ち上がったかのようだが、その時点では誰もそのことに気づかず、私たちは互いに目と目を合わせ、そして私から一歩踏み出し、にわかに母の方へと、スーツケースと背嚢を手にしたまま、毅然として三歩、歩み寄った。

母の足元に荷物を置くと、両手を広げ、そのまま彼女を抱き上げたり、藁穂のようにか細い体を胸元に寄せて、額にキスをしたりした。母は何も言わず、私も、かあさん、とだけつぶやいた。

父が他界したことは、母から聞いて知っていたが、葬儀のために帰省することもなく、そうこうしているうちに長い年月が流れ、機を逸してしまった。

私は放蕩息子だと思い知った、どの知らせにも、悲喜こもごもや、長所と短所がつづられてあり、過ぎ去りし歳月の中で、世界には良いことがいつも私には良いことだとは限らず、世界には悪いことが私にも悪いことだとは限らない、ということがすぐに浮き彫りにされた。

母を地面に下ろすと、世界は再び動きはじめた。

私は兄に駆け寄って握手をし、子供たちの頭を撫でながら笑い、名前は、と訊いた。

彼が下の階でまずすることといえば、シャッター雨戸の紐をたぐって開けることで、そうすると太陽の光が部屋の中まで差しこみ、何千もの埃《ほこり》が舞い踊るのだった。

シャッターを押し上げながら、砂漠の光がホテルの部屋に入りこむ間に彼にこんな話をしてくれたのは、アルジェリア人の女性だった。神は途方もなく大きな存在だったから、あのお方にしてみれば部屋で舞い散る埃と、宇宙で舞い散る惑星や恒星との間には、ほとんど差などなかったのよ。あなたが手をひと振りして、埃の道筋をかき乱しても何ら問題はないのだから、もっと大きな手をひと振りして人類と惑星をかき混ぜても、問題はないわけなの。神に魂を捧げればこそ、男に肉体を捧げてもかまわない、すべては神の手にゆだねられていることなの。彼女の持論には不備があるが、きっぱり言い切るさまには説得力があるように思えた。彼女のことを思いかえすのは楽しかったが、名前はとっくに忘れてしまっていた。

たばこでしかもみ消すことができない胸やけを、また感じはじめた。

にもかかわらず、食器棚の扉をあけ、コーヒーの袋を取り出し、紙のフィルターをコーヒーメーカーにセットして、豆を入れて貯水タンクに水をそそぎ、電源を入れた。たばこに打ち勝つと己に言い聞かせ、毎朝、胸やけしたままで、いの一番にコーヒーを淹れるのが、至福のひとときだ。

ほどなくして水が沸騰する音が聞こえだしたそのとき、たばこを口にくわえてマッチで火を点《つ》け、大きく吸いこむ。この熟練した動きが、彼を大いに喜ばせる。

それから、パン、バター、塩漬けベーコンひと切れ、そしてディジョン産マスタードをテーブルに用意する。ここのが一番だ、彼はディジョンから何トンものマスタードを運搬したことがあった。当時、ヨーロッパにはまだ鉄のカーテンが存在していて、当然、運ぶのが容易ではなかったルーマニアへも。あのカーテンの向こう側でも、同じように日常生活が営まれており、独裁政権であれ民主主義であれ、それを支配することはできない。共産主義者の愛情は、西側の人間や黒人たちのそれよりみじめなものではなかった。

マスタードだけ？

トラック一杯。

たばこを吸うでしょ？　それはくれないの。

一本？

ううん、一箱。

彼女らは、こちらの人間と同じく抜け目がなかった。

マスタードの刺激的な味が鼻に抜けて、たばこの後味を追いやった。背筋を伸ばし、背もたれに背中をつけずに椅子に腰をかけ、キッチンの小窓から真正面に目をやると、壁に囲まれた小さなテラスや、壁や家屋の裏側が見える。そこには見るべきものはほとんどない。バルコニーや窓ぎわに、洗濯物がたまに掛かっている程度だった。

朝はこれで十分なので、眼を休ませてやり、見覚えのあることを記録するだけだ。最後の一口を飲みこみ、コーヒーを飲みほすと、テーブルを片づけた。さあ、一日を始めなくては、出かけなくては。

もう何年も前から蝿の糞が黒くしみついた薄いガーゼ地のカーテン越しに、通りを見やる。最後にこのカーテンを洗濯したのはシモネで、ちょうど彼女が越してきたばかりのこと、家じゅうを洗剤で磨いたりこすったりして、彼はバケツを運び、必要な場所に脚立《きゃたつ》を置いてしっかり支え、シモネが濡れた雑巾でシャンデリアを掃除している間、下から彼女のスカートを覗いたのは、つい癖で、そういう機会が訪れると、今でも条件反射で必ずやってしまうのだ。

空は明るく、どこまでも青く、ところどころ雲のベールをかぶっている。太陽はまだ住宅街の真上までは昇っておらず、民家の外壁を伝ってやわらかな風がただよい、新聞店の広告の旗がかすかに揺らめく、この分だと彼は帽子をかぶらずに外出するだろう。彼は通り過ぎる人たちには、ほとんど目もくれなかった。

シモネと、その前にはエルナと、テルビューレンにある王立中央アフリカ博物館に出かけたのは、アフリカでの私の生活を説明するためで、現地の住居や、宣教団の本部、私がしていたことを、ふたりが想像できるようにするためだが、私がしたことを洗いざらい話したわけではなかった、いくつかのことは、話してもあのふたりには理解できなかっただろう。

コンゴでの時間は終わり、そのことを蒸し返すのは馬鹿げたことだ。歴史は歴史でしかなく、私がいなくても変わりはない。天気がいいときにこのブリュッセルの郊外を探索することと、あるいは、窓ぎわに腰かけて雨を眺めながら、肺が黒くなるまでたばこを吸うことも、コンゴでの私の所業も、まさしく歴史以外の何ものでもない。

人間というものは、己の居場所を知らねばならず、そこはつまり、いつも土の中なのだ。時折、私は確信する、私はまだ居て、行ってしまうのは他の人たちだと、そして残っている人たちには徐々に興味が薄らいでいくことを。いつか私にも死が訪れて、それで終わりだ。何か病の床に就くようなら、私は死を選ぶだろう、かつて一度はそうしたように、そう考えながら、彼は上着のポケットに小銭を入れ、コート掛けから鞄を取る。

ドアを勢いよく閉めると、乾いた音を立てながら、かちりと閉まった。気温といい、わずかにそよ吹く風といい、世界のやさしいゆりかごは、彼が期待した通りだった。

空《から》の鞄を片手にかけ、ゆっくりと両手でたばこに火をつける、今日はじめて外での一服だ、新鮮な空気に包まれて。

煙を深く吸い込む、彼の心を惹きつけるものが何もない通りを眺めながら。もう一度たばこを口にあて、唇にはさむと、数秒おいて、ゆっくりと吸う、時間はたっぷりあり、道は動きもせず、目の前の朝日の中にあるだけで、この光景が彼に何か他のことを考えさせてくれるわけではないことは、重々承知していた。

これから渡る通りの向かい側を見ながら、最後にもう一服吸った。くすぶる吸殻を歩道に投げ捨てると、それを踏みつける形で、散歩の第一歩を踏み出した。

こんなふうに、さりげなく一日のスタートを切り、特別なことは何もない、というのがいい。

特別なことは、すべてやりつくした、と彼は思っていた。

新聞店のある位置で通りを渡ると、ほぼ完璧な一直線なので、彼は横断歩道まで歩いて戻ることはしない、車がここでスピードを落とすか停止してくれればいいのだから、自動車に気づかないふりをする。けれども、彼の眼はまだどんな動きも瞬時に捉え、昔ほど冴えてはいないものの、抜かりなさ、警戒心、注意力はまだまだ健在だった。

今日はワロンの新聞ル・ソワールを買い、明日はフランダースの新聞ヘト・ラーツテ・ニウスを買い、ある日はフランス語の視点から、ある日はオランダ語の視点から世界に目を向け、またある日はインテリ層の新聞を、ある日は大衆紙を読む、彼はいずれの立場にも与《くみ》しないけれども、どちらのことも知っていると満足した。ポケットのばら銭で支払うと、新聞を鞄に収めた。

売り子とは、ほとんど言葉を交わすことはなく、彼がほしい新聞の名前を口にするだけで、彼女は棚からその新聞を取って彼に手渡し、彼が小銭を売り台に置くと、フランス語の新聞を買った時はフランス語で「どうもありがとう」と言い、オランダ語の新聞を求めた時にはオランダ語で「どうもありがとう」と言って、おつりを渡した。

これがもう何年も続いている。

ふたりとも、仕方なくやっている。

私たちは互いにあうんの呼吸を心得ていた。古いニュースを購入するのに多くを語る必要はない。

彼は店を後にし、急いで通りを見渡す、それは習慣で、何か気になるわけではなく、角にある肉屋もパン屋も、そして彼がずっと乾物屋と呼んでいるが実は大型スーパーマーケットの小さなチェーン店舗も、行きたい道は目をつぶっていてもわかるぐらいだった。

その店の陳列棚に並んでいる商品の多くは、かつて運搬したことがあった。カマンベール・ド・ノルマンディーを一箱、手に取ると、商品がこの店まで運ばれてくる行程を、おのずと考えてしまいがちだった。彼が担当トラックでフランスからベルギーのクライネムにある倉庫まで商品を運び、さらにベルギー国内の各店舗用に仕訳されていく光景が脳裏に浮かんだ。

いつもの？

彼はうなずいた。

金髪のウエイトレスがビールを運んでくるのを待ち、新聞を読む前に、まず一口飲むのだ。買い物を済ませると、いつもヘルトーヒェン広場があるアウデ・ドゥワルス通りの角まで歩いていき、そこにあるカフェ「レ・デュック」のテラス席に陣取り、鞄を隣の椅子に置く。新聞を取り出して広げようとしたまさにそのとき、金髪のウエイトレスがそばに立っていた。

読んでいた内容は忘れてしまう、新聞をたたむなり。彼はただ、殺人事件、事故、政治問題、三面記事、ペテンや詐欺、プロの犯罪事件といった、いまだに何年も前から同じたぐいのニュースばかりなのを確かめたいだけだった。

通行人が行き交う。たまたま何人かの女学生や若い女性が目に入ったときだけ、まじまじと眺める。けれども、かつて、エルナと付き合う前のようなまねはしない。当時、彼は女性の服を目で脱がしていた、そしてチャンスがあれば手も使って脱がした。今は期待せずに冷静に眺めている。

誰ひとり、私を止めることはできなかったな、トラック運転手をしていた時に免許証を取り上げられた時ですら、それにコンゴで捕まって、一年間臭い飯を食べることになった時ですら、再スタートを切るための休息を楽しみ、一度たりとて罪滅ぼしをすることはなかった。

金髪のウエイトレスが二杯目のビールを運んできた。

彼女に時間があるときや、混み合っていない時には、たまに二人で冗談を言い合うこともある。男女の間に何が起こりうるかを知っている老人と若い女が交わす、きわどい冗談だ。

グラス二杯のビールの後、彼女はエスプレッソを給仕すると、勘定をした。

何年も前に、エルナのアパートに向かうため、ブリュッセルの反対側を歩いていた。まだシモネとは知り合っていなかった。彼女はもっと後だ。

彼は少々酔っていたが、それが何を意味するのか、エルナはもちろんわかっていた。

彼の足取りは軽やかで、さながら踊りのようだった。

当時まだアヌシュと名乗っていたエルナと、カフェでよく、タイル張りの上を足を滑らすようなステップで踊っていたときのようだった。それが彼女の本名ではないことは、彼にはわかっていた。エルナは何でもする気になっていたわけではなく、それなら若い女の子たちがいるわよ、だけど、私にはどんな値打ちがあるのか自分でもわかっているの、と言い、彼女のそんなところを彼は高く評価した。明け方まで、ふたりはエディット・ピアフの曲で踊りあかした。彼女は彼に肉体を提供し、彼は彼女に金を払った。

もう、こういうのはごめんだわ、やめる、と彼女が言いだすまで。最後の数年間は、まだ惰性で続けていたけど、それは他に何をして日々を埋めればいいのかわからなかったからなの。もう貯金も十分あるから。他の地域にマンションでも買えば、ここでもう誰かに出くわすようなことはないわ。抱き合うだけ、と言い、あなたと、と付け足した、するとその腫れぼったい顔とくすんだ眼にもかかわらず、急に彼女が女学生のように見えてきた。彼女が突然むせび泣くのではないかと一瞬思ったが、そうはならず、彼女はプロに徹して、いつものように両股を広げ、慈愛もなければ感情もなく、形式的に丁寧に彼を迎えた、それはまるで彼にたばこを一箱差し出して、彼がそのひとつを所望するかのようだった。

抱き合うだけ、それがないとさびしいの。

彼は戸惑ったが、性欲はすでに抑えきれず、これまでの彼女とも他の女ともまったく異なる手法で情を交わした、と少なくともその時はそう考えていた。

彼女はその後、軽い気持ちで自分の住所を彼に教えた。そのアパートは、ブリュッセルの彼の自宅とはちょうど反対方向に立地していたので、彼は路面電車に乗り、それからさらに通りを何本も歩いて行かねばならなかった、少しふらつきながら、たぶん幸せ気分も手伝って、そんなふうにふらついていたのだろう、そうだ、幸せだからだと言ってもいい、と思った。運転免許証は、三カ月前にまたぞろ取り消しになっていたので、彼は首都に缶詰の状態で、当分は倉庫の仕事に従事していた、ふたりの不安定な関係を確かなものに変えるには三カ月という期間は理想的だった。

彼はエルナにどういう話をすればいいのかわからない、逢引は彼女のアパートであって、カフェやその上のいかがわしい場所ではないのであって、ことあるごとに想像してみようとするのだが、いつも、ソファーか薄汚れたシーツを敷いたベッド、剝げ落ちた壁とか、テーブルの上の数本のボトルとか、ふたりともまだ知らない規則正しい生活について交わした、むなしい会話といったものが、浮かんでくるのだった。彼が充実した歳月を過ごしたアフリカから戻ってもうしばらく経っていた時だった、トラック運転手として数えきれないほどヨーロッパを行き来できるほどの歳月が。

エルナの部屋の呼び鈴を鳴らすと、彼女が小さなバルコニーから鍵を投げ、そこは四階だが、彼女が微笑むのがはっきりと見える、そして彼が微笑むのが彼女にも見えていた。彼が無事に鍵を受けとめることができたのは、彼女がハンカチに鍵をしっかりと結わえていたからだった。

彼は階段を上っていく、踊り場の壁紙があちらこちら剝がれていたことをいまだに覚えていて、黄色と紫色の模様で、踏み板がきしんで音を立て、彼女がドアを開ける音が今も耳に残っている、ドアの施錠がはずされてカチッとなる音だ、階段の最後の踏み板に足をかけるが早いか、もうそこにエルナが立っていて、きちんとしたワンピース姿で、これまで一度も目にしたことのない類のたたずまいだった。

最初の所作をまだはっきりと覚えている。彼はエルナに鍵を手渡し、彼の指先が彼女の手のひらに触れる、金属の鍵が温かくなっているのは、彼が上がってくるまでずっと手に握っていたからで、木綿のハンカチのやわらかな繊維の感触、淡いブルーと濃いブルーと白色の格子模様は忘れようがなく、ふたりの関係を初めて利害抜きにしたハンカチだった、彼女は彼の指を手の中にそっと包みこんだ。彼女はすぐに手を離して彼に口づけを乞う、ふたりにとって初めての利害抜きの口づけを、彼女の唇には淡いローズ色の口紅が差してあるだけで、息はペパーミントの香りがして、トローチを嘗《な》めて輝くまで歯を磨いてあった、いっぽう彼はそういう手入れを一切していなかった。

軽く挨拶のキス、彼女の唇に触れるにはそれで十分で、その後やっと、さあ、中に入って、と彼を部屋に通して、ドアを閉めると、そこが彼女の住まいだった。

最初に彼の目に入ったのは猫で、首に茶色の斑《まだら》模様のある太ったクリーム色の猫が、ソファーに横たわっていて、視線を彼の方に向け、相手の様子を窺うような小さな眼、それに長くて立派な髭をもっていた、脂肪の塊のような肉食獣、その尻尾は、根が生えたように動かないおしりの上で王笏《おうしゃく》のように少し丸くなっている。

どう？

彼を待ちわびてか部屋は片づけてあり、ドレッサーの上には、額に入った写真、そして彼が以前、彼女にあげたプレゼント、一列に並んだ七頭の象が芸術的に彫られた象牙が置いてあった。

素敵だ。

キッチンにはフルーツと生クリームの小さなタルトが用意してあり、テーブルにはコップ、皿、ナイフ、フォーク、スプーン、砂糖がセッティングされていた。コーヒーをすぐに出すつもりなのだろう、冷蔵庫にはミルクが置いてあり、その冷蔵庫は、二脚の椅子とテーブルが用意された小さな裏バルコニーへと続くドアの傍らにある小窓の下にあり、ブンブンと小さな音を立てている。ジャングル内の開けた場所を視察するかのように、彼は一瞬でそのすべてを捉えた気がした。

同時に、椅子の肘掛にのせた彼女の手が、か弱く震えていることに気づく。一気に彼女の方に向きなおると、まだ半分酔った彼の目と、半分酔いのさめた彼女の目とが、しばしじっと見つめあった。

猫の視線が彼の背中に突き刺さった。

彼が一歩、身を乗り出すと、ふたりの靴の先があたり、彼女は椅子の肘掛から手を離し、彼の肩にまわした。彼が両手をすぐさま彼女の腰に当てると、彼女が少し驚いて腰を引いたような気がしたので、胸元に引き寄せた、そういう感じだったと思う。

これまで源氏名で呼んでいたが、彼女は本当の名前はエルナなのだと明かし、本名で呼ばれることを望んだので、彼はうなずいた、げっぷを我慢して何も言うことができなかったのだ、彼の胃の調子は悪かった。

花柄のワンピースの下で、彼女の胸元が上下に呼吸しているのを目にすると、彼女が売春婦だということを忘れた。

あなたは私の最後の客ではなかった、とエルナが言った。

それが誰であろうと関係ない。彼は過去を振り返らなかった。彼は彼女の最も忠実な客でもなければ、最も優しい客でもなかった。

彼との初めての時も、二回目も、三回目も、エルナは思い出すことはなく、ある日気づけば、彼は彼女のもとへ足しげく通うようになっていた、よく飲んだくれる客のひとりとして、ただし不定期に通う客のひとりとして、というのも、トラックの運転手をしていた都合、たまに何週間も家を空けることもあったからだった。彼女も飲める口だった、訪れた客は誰も帳簿に付けておらず、何人かは自然と記憶に残っているが、今はそれをひとりずつ消していき、彼だけが残るのだろう。

確か、そうだったはずだが、そのことを確かめたくても、知っている者は誰ひとりいなくなった。

エルナがコーヒーを淹《い》れ、テーブルのそばの椅子を彼にすすめた。

ふたりでコーヒーを飲み、彼女はブラックに砂糖をたっぷりで、彼はミルクをたっぷりだったことを思い出した。タルトは食べなかった。コーヒーの後で、彼は胃を和らげるためにビールを飲んだ。二本目を飲み終えると、エルナも一本飲んだ。タルトは、彼女が細かく切って猫に与えた。それから、彼女が温かいものを準備している間に、彼はベッドで横になった。

彼が起きると、彼女は膝に猫をのせてソファーに座っていた。テーブルにはじゃがいも、肉、野菜、そしてアルコールの弱いビールが用意されていた。食後は彼女のところに泊る、ということが彼の意に適《かな》い、それが彼女の意に適った。

何ともいい気分だった、ひとつの部屋で過ごし、帰る必要がなく、そのまま泊っていってもいい、何なら好きになってもかまわないし、そうしたくない理由がお互いにないということが。

夜のとばりが降りた。

そういう感じだった。

ふたりは小さなバルコニーに立っていた。屋根の上には、もう灰色の夕暮れが広がっていて、暮れなずむ明かりが、消えゆく前に地面の上であがいていた。

彼はエルナの腰に手を掛け、彼女はバルコニーの欄干に手を置き、猫は彼女の両脚の間に鎮座し、頭を彼女のくるぶしにもたせ掛けていた。

エルナは頭半分、彼より背が高く、彼は筋骨隆々で、彼女はすらりと細く、彼が頭をかしげると、ちょうど彼女の胸に当たった。

日は徐々に暮れていき、街灯が灯る、通りには特に見るものがなく、通行人、車が数台、自転車で通る人ぐらいで、周りは静かだった。曲がり角の左側にはカフェがあり、そこに行くことができた。

ふたりして、おたがいの財布が空になるまで飲んだ。カフェから彼女の家までの距離は短いが、不機嫌な目をしたクリーム色が待っている彼女の部屋まで階段を三つ昇ることのほうがやっかいだった。

私たちは向かい合って横になった、すえた汗、すえた息、汗ばんだ舌、じっとりした手。情交を結ぶことはなかった。

翌日、私は衣類を入れたいくつかの袋や靴やスリッパを取りに帰り、彼女の家にさっさと置くと、路面電車に乗って勤め先の倉庫までいき、いっぽう彼女は日に数時間のたばこ店での仕事を見つけた、私は自分のアパートを引き払い、その時は、男と女として床を共にしていた。

女と身を寄せ合うのはいいものだ、と彼は思う、ひとつのベッドにふたりの体のぬくもり――どう呼んでいいのか私たちにはわからず、かといって好きだ、会いたい、というのはつまらない言葉だった、ひとりの売春婦とひとりの客にとって――、未知の世界の扉が開いたかのようだった、まるで愛情があるかのごとく。

私たちはまず、ふたりは愛し合うことができると信じ、それから、ふたりが本当に愛し合っているのだと信じ、やがてふたりは、ようやく本当に愛し合うようになった、ということを思い出した。

彼が運転免許証を取り戻したとき、ふたりは一台の乗用車を、彼の両親の農園まで乗っていくのにふさわしい中古のシムカを購入した。

母親は、父親がこの世を去ってから、農園を引き継いだ兄一家のもとに身を寄せていた。母親は小柄な女性になってしまい、骨ばって、日光にさらされて黒ずんだ皮膚が骨格からだらしなく垂れ下がり、目は大きく窪み、白髪頭に頭巾をかぶって顎の下で結わえ、夏の暑さや冬の寒さをしのいでいた。

彼は自慢げに、彼女は変わっている人だから、私みたいな奴でもいいと思っている、とエルナを紹介した。

母親は彼女を頭のてっぺんからつま先までしげしげと眺めた。

まあ、彼女のことをよろしく頼むよ。私に真っ当な生活をさせてくれているのだから。

それを聞いて、母親が笑い、彼も笑い、兄は冷笑を浮かべた。

彼はもう数カ月もの間、姿を見せていなかった。そんなことには家族は慣れたもので、彼は現れては消えるのだ。もう長年、自分の部屋を残しておき、たまに使用していた。アフリカから戻った時は、他に行き場がなくて、母親がまだ暮らしていたこの家にやってきた。たまには、牧場や畑を見たり、太陽が照りつけるなかリンゴの木陰で全身を思い切り伸ばして椅子に横たわったり、兄の子供たちとふざけあったり、若い雌牛が鼻を鳴らしたりするのを耳にしたりして、夢の世界に逃避した、都会から離れることはいいことだった。

時折、母親がこっそりとじゃがいもをひと袋、キャベツ、ひと掴みの苺、あるいは豆ひと皿を、車の横に置いていてくれていた。

彼はそのことに何も言わず、車に積みこみ、母親を掻き抱き、出発した。

彼は早くもエルナのアパートをわが家のように感じていた。

猫だけが邪魔もので、エルナがあの畜生を飼いたい気持ちが理解できなかった。おそらく、彼が来る以前、何カ月もの間、その行動やガサガサ立てる音、気まぐれや愚かさの面倒を見てやっていたのだろうが、今は猫のほうが構ってほしいだけだった。

外出もままならないアパートの四階で、この動物は何をすればいいというのか、愛し合うふたりの人間のところで、太りすぎで、運動不足のこの動物は。クリーム色の役目は、もう終わった。朝な夕な、エルナはパンを砕いてミルクの入った鉢に入れ、彼もとても美味しいと思う鳥の皮は、少し固くてサクサクしていて、それを彼女は皿の端にとっておき、食後に猫に与えると、部屋を突っ切ってやってきて、たちまち背を丸める、彼女はちょっと背中を撫でてやると、やりかけの用事にもどり、アイロン掛けや食器洗いをしたり、ビール瓶のふたを開けたりした。というわけで、クリーム色はもういらないのだ。

ある日の午後、エルナが美容室に行っているすきに、彼は猫の首根っこを掴むと、裏のバルコニーに出るドアを開け、ありったけの力を込めて投げ飛ばした。すぐに踵《きびす》を返してキッチンに入ると、四階から、住宅の裏庭に置いてある細い灌木やごみ、それに壁と物置などの谷間に猫が落ちてしまう前にドアを閉めた。

エルナが美容室から戻ると、その髪型をほめそやしたり、ビールを注いであげたりして、猫がいるはずだったソファーに座り、彼女を膝の上に乗せた。彼女は猫について何も訊かなかった、その日も、その翌日も。彼女が一度でもそのことを尋ねたかどうか思いだせなかったし、彼がそのことについて何か言ったかどうかも覚えてはいない。猫など一度も存在しなかったかのようだった。

そのとき彼は、愛情のなせるわざだ、彼女は忘れることができ、話をしなくても問題が解決できるのだと、感じていた。

彼は今でも、窓の前にクリーム色の猫がいるのを見つけると、笑みがこぼれるのだった。

買い物を提げて自宅へと歩きながら、口の中に残るエスプレッソの味を、彼はしばし楽しんだ。

太陽は、上空の最も心地よい場所をとり、午後遅くまでそのまま居続ける、いったん住宅街の上空まで来ると、大空を自由に漂い、ふたたび沈み、そのエネルギーを失うという印象を与えるまでしばらく時間がかかる。

新聞で読んだ通り、この天候が持てば、草刈りには絶好の日和となり、彼は二日間乾燥させた干し草を手に入れることになる。

今日の午後、鞄に入れて家まで持ちかえり、屋根板の間にできたいくつかの隙間を塞ぐのに適しているのかどうか様子をみてみよう、さほど違いがなければ藁の代わりになりうる。

彼が立ち止まっていたのは、休息を取るためではない、体調は買い物を提げるにはまだ十分で、肺に負担はかかっていない、と思った。エルナは不運だった、私よりたばこの量は少なかったというのに、癌は気まぐれものだ。

しかも肺だけにとどまらず、胃にも子宮にも転移していた、医師らがどう説明したかは、もう思いだせない。思い出したくもない。命には終わりはつきものだ、他の可能性について推測するのは無意味なことだ。

彼が立ち止まっていたのは、さて、もう一本たばこを吸おうか、それとも家に着くまで待とうか、と迷っていたからだ。

迷いながらも歩き続ければ、そのまま家に着いてしまう。そうなれば、玄関先で吸えばいい。


目の前にエルナがいた。彼の後を追いかけてきて、彼女の肺は、息を切らしていて、後ろから彼を呼び止めようとしたけれども、声はしわがれ、力尽き果てたかのように響いた。彼女は咳きこまずにはいられなくなり、咳払いをすると吐血して、手の甲に黒いしみがつき、残りはすすった。医者に診てもらわねばならず、往診が必要だった。

私の後を追って走る、その力はまだ残っていて、底の平《たいら》な靴を履いているが、以前はいつもハイヒールを履いて走り、それが彼女をさらに高く、すらりと見せていた。

振り返ると、サンドイッチを忘れてる、とランチボックスを振っているが、石畳を駆ける靴音ばかりが響き、彼女の声は聞こえなかった。

息を切らしながら、そこにはランチボックスを持った小さな少女のようなエルナが立っており、その手には茶褐色のしみがついていた。

これはなんだい？

もちろん私にはわかっていた、そこには、恐ろしく血の気が引いて、救いようのない彼女が立っていて、私はすでに数えきれないほどサンドイッチを忘れていたが、それもわざとで、お昼休みに同僚ら数人と一緒に外食に行くので、捨てなくてもいいようにという理由があったからだが、そのときの彼女は吐血を私に見せたかったのだ、もう何カ月も咳きこんでいて、たばこを吸うと痛みが走ることもあり、そのことを私に気にかけてほしくて、今は不安で、途方に暮れて落ちこんでいるのだということを、徐々にうつろになりゆく彼女の眼差しから瞬時に読み取った。

ランチボックスを彼女の手から受け取り、ふたりの前に建っている一軒家の窓台に置くと、エルナを胸元に抱き寄せ両手を貝殻のような形にして彼女の頭にあてがった。

ふいに、エルナがすすり泣きをし始めるかもしれないと思ったが、彼女は泣きはせず、少し身を縮みこませて、上着とシャツの上から私の肩を噛みしめているのがわかった。

おいで。

エルナの頭をのけると、その手をとり、窓台のランチボックスを摑んで、彼女のマンションに連れて帰った。通りにいる私にまだ追いつけるだろうと、この階段をかけ降り、虫の息でそれを成し遂げて、今夜までひとりで過ごさなくてもいいようにと犠牲を払ったのだろう。一歩ずつ、階段をよじ昇る彼女を支えて歩いた。

上に着くと、彼女は落ち着き、ソファーで横になり、私は彼女の足元に椅子を置いた。私はたばこに火を点《つ》けかけたが、思い直して、コップ一杯の水を一気に飲み干した、そんな姿を私は彼女にまだ一度も見せたことがなかった。

医者に電話しようか?

私たちはこの階にまだ一度も医者を呼んだことはなかった、病気や障害にどのように対処すればいいのかはジャングルの湿地帯で教わり、自分のことならよくわかっていたが、ことエルナに関しては、その身に降りかかったことに対して、どうすればいいのかわからないということに、すぐに気づいた。

私は同僚たちに、仕事に行かないことを知らせてから、エルナの傍らに座り、彼女の腕に手をあてがった、彼女はかなり青ざめていた。彼女は私より十歳年上だが、今になって突然、疲れや、口の周りの皺、衰えた肌に気づいた、まるで、気にせずに過ごしてきた時間が、だしぬけに彼女について暴露して、大小のしわを彼女に刻みこんだようだった。

私は何も言わなかった、私の手には、その中で脈打つ生命がたっぷりあり、エルナはそれにしがみついていた。屋根や空、その向こうの青空に高く遠く羽ばたいていく飛行機を、窓からふたりで眺めていた。

医者は、すぐさま彼女を病院へ搬送した。

突然、アパートはからっぽになった。

突然、私はそこにひとりぼっちになった。

昼も夜も。


それから五カ月ももった、エルナがこの世を去るまで。彼女は二週間、入院し、その間、自宅に帰りたがったが、精根尽き果てた。時折、のんきな眼差しが戻り、血流が頬に色味を与えた、腰と足は毛布にくるまり、彼女はよく寒がり、もう八月で外は猛暑に包まれていたが、ソファーに座らせて、私が初めてここに来たときに鍵を投げた小さなバルコニーのところまで連れていった。日中は彼女をひとりにしなければならないことが多かった、それに仕事がら、毎日家にいることもできなかった。

朝、起きるときにエルナを介助する、彼女はひとりで起きられるけれども、起きたくないことが多いからで、彼女が身繕いをする様子を見守るのだが、その時エルナはよくむせび泣いた。エルナは痩せ細り、頬はこけ、髪は抜け落ち、治療のために救急車が迎えに来て、私は彼女のために綺麗な革製の帽子を買い、それは内側がフランネル地になっていて、帽子をかぶった彼女のくぼんだ瞳には生気がなく、唇は小さくて血色が悪く、顔色はくすんでいた。

ある日、エルナが救急車で出発してから、鏡を捨てた。

彼女はそのことについて何も言うことはなく、猫の時のように、まるで鏡がこれまでどこにもなかったかのようだった。彼女は手探りで身繕いをし、私が指示をだすと、その通りに行った、やるのをあきらめてしまうまで。

彼女がもう長くないことは、ふたりともわかっていた。

私は半日勤務ができるように調整した。最後の日々は、そのことをふたりともとっくにわかっていて、最後の日々だということを私たちは感じ取っていて、私は終日、エルナのそばに付き添った。彼女をソファまで連れていき、裏バルコニーに誘導して、そこでふたりして斜陽を浴びながら、彼女は自分が去りゆく世界を眺め、私はたばこを吸っていた。

どうぞ吸って、たばこがあなたを楽にしてくれることを、知ってるわ。

うまい。

知ってる。

これ以上、話すことは何もなく、すべて言い尽くした。最後の数年間をあなたと過ごすことができて嬉しいわ、それを経験できたこともね、とだけ言った。

彼女が言いたかったのは、私たちが送ってきた同棲生活のことだった。おそらく、愛情のことも言っていたのだろう。おそらく、それは手の届かないものだと思っていたのだろう。私たちは愛し合ったまま、彼女の最期を迎えつつあった。

エルナにもう一度、飲み物を与えた。正確には、彼女の唇を湿してあげた。おそらく、彼女のこめかみに私の涙が滴り落ちていたことを感じとっていたのだろう、おそらく、嗚咽《おえつ》する音が聞こえていたのだろう、おそらく、それはもう遅すぎたのだろう。呼吸が困難になったが、医者に電話をする気はまったくなく、ちょうど一時間後の、エルナが息をひきとった時に、死亡を確定し、書類に記入するために、電話を入れた。

エルナはソファーに横たわっていたので、ベッドに運び、それから半時間、彼女が冷たくなって体が硬直するまで、手と手を繋いで、私は彼女のそばに横たわっていた。ふいに、彼女の糞便の臭いがし、同時に、やるべきことが見えてきて、それが私たちの同棲生活に終止符を打った。

彼は家の開いたドアのところに立ったまま、たばこを吸っていた。ドアの側柱に肩で寄りかかり、買い物袋を両脚の間に置いて、ゆったりと、通りの向かい側の引っ越しを眺めていた。業者の車が玄関前に駐車してあり、男たちが荷揚げリフトを使って、毛布にくるんだたんすを三階から下へ降ろしていた。

私もそうしたように、彼らはそれを丁寧に荷造りしている。

私は自分でエルナの棺桶を階下に運び、三つの階段を降りた、亡くなった時には軽くなっていたとはいえ、骨や数カ所傷んだ内臓、ないに等しい肉、それに安いモミの木の棺桶の重みがあった。私は棺桶を両腕にぴったりとかかえることができた。納棺夫が付き添い、階段の一段手前で、いざという時に備えていてくれた。

こうして私は彼女を最期に胸に抱きかかえ、紫色と黄色の壁紙が剥がれたままの階段の踊り場は、もう何年もの間、誰も取り換えようとしないので、剥がれた角の部分が糊付けされては、また剝がれ、私たちが一緒に暮らした何年もの間、世界は何ひとつ変わっていないかのようだった。エルナは土に埋められ、連絡の取れる兄弟姉妹もいなければ、両親も亡くなっているから、私だけが彼女のことを、この女性を思い続けるであろう。

私は誰にも彼女の死亡と埋葬について知らせず、彼女もこのことについて何も聞かずじまいで、最後の日々をただ一緒に時々テレビを見たりして過ごしていた。私はエルナに何も心配しなくていい、私は何とでもなるから、君はプレゼントだったよ、と話した。棺桶に大きな白いリボンを結んであげたかったが、納棺夫らが、それでは故人が笑いものになると言って許してくれなかった。けれども、最期を迎えつつある頃、彼女自身がそのことについて笑っていたのだ、亡くなる数日前、まだ体力も気力も残っていた頃、死の不合理について彼女が笑い、そしてふたりして笑った、その触手にあらがってみたところで、最初からハズレくじを引くことは決まっている、それのどこが深刻だというのだと。

私もプレゼントとして彼女にお返しがしたかったのだ、彼女をプレゼントとしてもらったから、だが結局、まわりの深刻な空気に甘んじることになった。

この家をエルナはまったく知らない、これはシモネと暮らした家だ。

彼は愛する人のどちらとも、一緒に居続けることができなかった。最後まで添い遂げることができず、いつも手放さなくてはならなかった。そうやって彼自身の人生も手放すことになるのだろう。命を授かる、ということが分かっているし、命を捧げる、ということも分かっている。だが彼はたいそうな問題にはしたくなかった。

彼は新聞をテーブルに放り投げ、調理台の上に買い物袋を乗せ、肉を冷蔵庫にしまった。

今日の午前中は、習慣にしていること以外にほとんど用事はない、裏庭にゆっくりと歩いて行き、壁に猫がいないかどうか様子を見る、大きな目と太い尻尾の黒いトラ猫がよく来ていて、しばしば細いねずみ色のに追いかけられていたりする。

今日は猫が一匹もいない。

猫がいると、擦《さす》ったり、頭を撫でたり、冷蔵庫から肉を出して、ひと切れ与えたりするために、こっちに呼び寄せようとするのだった。

彼は室内に戻る、今のうちにじゃがいもの皮を剝いておいてもいいかもしれないが、まだ火にかける必要はなかった。

彼は室内の窓際に立った。

少し脇に寄って、二重カーテンの内側の傍らに。

そう彼は学んだのだ、開けた場所のすぐ前には絶対に立ってはならないことを、まず見て、確認して、警戒するということを。

これといって外で変わったことはなく、引っ越しは終わり、荷揚げ用リフトをトラックに固定しているところだった。

向かいの家が、どこにもカーテンが掛かっていない空虚な窓から彼のほうを見ていて、彼は部屋の中のがらんどうの空間を見ていた。

この家を後にする家族が歩道に立っていた。男性がチェロのケースを車の中に置き、その娘が後部座席に乗り、猫が入ったカゴを兄に渡した。奥さんが運転席に座る。引っ越し業者の車が出発し、奥さんが車で出発する、あと少しで、たぶん彼はその家族を二度と見かけることもなくなるだろう。彼はその家の家族がチェロを弾くことを全く知らなかった、おそらく両親が音楽家で、おそらく息子か娘が、彼の妹がアコーデオンを弾いていたように、なにか音楽を嗜《たしな》むのだろう。

社会福祉課の若い娘は、引っ越しについて話すために、お向かいさんのところにも来ていたのだろうか。

私はおたくには一戸建てをお勧めするわ。

彼女が、しゃべりたくてうずうずしながら立っていると、まあ、お掛けになって、と。

彼女はズボンの膝を手で伸ばしながら、腰をかける。

ええ、そうなの、ななめ向かいに住んでいるお年寄りの男性、あそこには定期的に訪問しているの。あのひとのことを知らないの？　あの歳にしては元気だけど、老人ホームにでも入所したほうがよろしいんじゃないかと思うの。

彼女が頭を一気にもたげると、胸まで揺れた。

彼は窓と通りに背を向けた、もう十分すぎるぐらい警戒していた。

十五分後、階段下にある箱からじゃがいもをいくつか取り出し、古新聞を摑んでテーブルの席につくと、新聞紙の上で皮をむいた、じゃがいもの大きさによりけりだが、ひとつかふたつずつ。あまり食べないので、野菜と肉の付け合せに少しあれば十分だった。じゃがいもを水をはったボールに漬けると、調理台の上に置いた。

待つ。

私は、まさに打ってつけの時代の、まさに打ってつけの時期に生まれたものだ、それと気づかないまま、自分に有利になるように、時代をしっかりと利用していた。

いつも自らの境遇を向上させる術を心得ていた、そしてそのためには想像力はこれ以上、必要ではなかった、なにしろ「想像力はすでに権力を握っている」[*1]のだと、トラックに乗せてあげたフランス人、スウェーデン人、オランダ人の学生、それにスペイン人やイギリス人の女の子らからも聞いた、空気中どこにでも漂っていて、嗅げばわかるものなのだ。

火薬の臭いが鼻から抜けるやいなや、私はその臭いを、白人女性の飢えた甘い香りを嗅ぎ

---

*1　一九六八年のパリ五月革命において学生が用いたフレーズ「想像力が権力を奪う L'imagination prend le pouvoir」を踏まえたもの。

取った、嗅ぎ取ることができたのだ、黒人女性の発情した強烈な蒸気を吸い込んだように、なにしろ世界には女性がごまんといるのだから、世界には戦争と紛争もごまんとあったのだから。

コンゴから戻った時、ヨーロッパが速いテンポで変化を遂げていたことを確信できて有頂天になり、黄金の六〇年代、愛の夏の日々、不穏な社会、それらすべてを利用するのに、私には手はずが整っていた。ヴォルガM21の所有者であるイタリア人の義理の伯父が起こした会社で人手が足りなくて、私はすぐに建築資材の仕事にありつくことができた。

ヨーロッパでは、数多《あまた》の住宅や橋が建築され、道路が建設され、広場は石畳が敷かれていた。イタリア人の伯父は小さな会社を経営していたが、注文帳は隙間なく埋まっていた。四、五人の従業員が働き、事務は伯父が自らこなし、たまに主任が手伝いにきていた。私はコンクリートミキサーと攪拌機の担当になり、働き者だと認められてからは、夜のとばりが下りるまで残業して、追加注文のコンクリートタイルを鋳造することや、板石一ケースをトラックに積むよう頼まれた。

私には他に計画があった。

三週間後、退職を願いでると、伯母とイタリア人の連れ合いは、手に職をつけられるよう取り計らったのにと、狼狽するほどだった。

衝動に駆られて、自分にとって最良の決断を下すことが多かった。

イタリア人は、退職願いを受け入れようとせず、興奮して、私にもわかるイタリア語でありとあらゆる聖人や悪魔にすら嘆願するのだが、私は意に介さなかった。私は賃金の支払いを求め、皆にたいへん感謝していること、他の職に就くこと、もっと自分に適した道に進むこと、心配には及ばないことを告げた。かと言って、もうどこかの求人に応募しているとか、人員に空きが出るのを待っているというわけでもなかった。私は、未開の地で、蚊やしらみにも負けず、黒人社会や白人社会にも、仲間意識、衰弱、孤独といったものにも負けなかった、だから伯母夫婦がいなくても生き抜くことができると、わかっていたのだ。

兄から借りた自転車にまたがり、ポケットにお金を突っ込むと、イタリア人と伯母の罵詈《ばり》を背中に浴びながら去っていった。


その日は、我が身の自由を祝って酔いしれて上機嫌の一日となり、自転車までもが飲み代と化し、農園内にある母と兄の家の自分の部屋へは千鳥足で帰った。

自分の部屋までは、その日の夜のうちには辿りつけず、ドアはどこもかも鍵がかかっていた。ノックをして叫んだが、声が十分に届かなかったか、呂律《ろれつ》が回っていなかったのだろう。

私の叫び声は、家畜小屋の馬や豚が足を踏み鳴らしたり物に当たる音、梟《ふくろう》や猫の甲高い鳴き声、犬の吠える声、それに鶏の鳴き声にまでかき消されてしまい、そのうち東の空が白み始めたので、納屋の干し草の中にもぐりこんでいたら、お昼に兄が未経産の若い雌牛に餌を与えにやって来て私を見つけた。

母と兄は当然、私が仕事を辞めたことを知っていた、伯母とイタリア人がもう訪ねてきていたのだ。

母は憤り、兄は口をつぐんでいたが、私がこれからどうやって生活費と家賃を払うつもりなのかと考えているのが、ふたりの顔に書いてあった。

翌週、何か他の仕事を始める、と伝えた。

実際にはまだ何の計画もなかったが、私は呑気に構えていた、仕事の経験は山ほどあったのだから。誰かのために家に居る必要がないこともあり、トラック運転手になることができた、コンゴでありとあらゆる車種を運転してきたから。

最初にハンドルを握ったトラックは、扱いにくいスカニア・バビス、最初の貨物はシトラス数箱とコーヒー数袋、それを港からルクセンブルクの倉庫まで運ばなければならなかった。

私には債務も家族もないが、強い胃があった。目が眩むような砂漠の暑さにも凍てつくような極地の寒さにも適応することができた、もっともそういうところに私が行ったとしても、誰一人待っている人はいないのだが。

積荷だけを待っているのだ、と上司は言った。

私は、農園にある兄の家の狭い部屋はそのままにして、夜は大方、途中にある道路沿いのパーキングエリアにトラックを駐車して、そのキャビンの中で過ごした。不定期に家に戻り、時にはオレンジを一箱、バナナを一房、コーヒーを数ダース、あるいはセラノハムまでも持ち帰った。ヨーロッパは希望と明るい未来に満ちあふれ、飛行機が着色した煙で空中にスローガンを描き、空そのものが看板と化していた。

私はアクセルペダルを踏み込んだ。トラックが唸りをあげる、だが私はそれを制する。この速度を維持できれば、進路を変えずとも、イタリアを出て、スイスを通りぬけ、今日中にはドイツもかなり先まで進むことができる。税関で引っかからず、途中どこにも道路工事がなければ、無駄にした時間を——自分のためではない、会社のために、彼らは賑やかで時間のかかる食事には、おかまいなしだから——まだ取り戻すことができる。

シント・ベルナルドを通りトンネルを抜けるほうが早い。選択肢は少ない、一か八かの勝負にでる、積荷は高さ四メートル以上にも達し、優に四メートル二〇センチはあるだろう、それでもなんとかトンネルを通過したい。

イタリア人の税関吏らは、スイス人の同業者よりも手を抜こうとするが、そのわりに審査には時間がかかる。彼らを急《せ》かすわけにはいかない、機嫌を損ねたら、ことさらゆっくりと仕事をされかねない。私は、彼らと同じように時間を持て余しているように振る舞い、興味なさげにキャビンの窓によりかかり、のんびりとたばこを吸い、煙が螺旋を描きながら上昇していく様子を眺めていた、税関吏らがようやく短く鈍い音を立てて書類に最終スタンプを押すまで。私は脱兎のごとく去った。

トンネルのすぐ手前に、積荷の制限高を記した看板があった。私は速度を落とし、窓から半分顔を出し、しっかり見極めると、歩行者に近い速度でトンネルに進入した。

トラックが天井につかえることはなかった。

空にはとてもうららかな光を、水平線にはとてもけざやかな光を後にした。ヘッドライトを点《つ》け、トンネルの薄暗がりに目が慣れるや、再び速度をあげた。スイス人とドイツ人が手際よく働き、私が睡眠時間を削り、ドイツの高速道路沿いにあるパーキングエリアで過ごし、そこにオンナがいれば素早く事務的にことを済ませる、都心や集落から遠く離れていればそうしたことは造作ないことで、明日の正午までにベルギーに到着すれば、無駄にした時間について誰ひとり、とやかく言わない。

私はトラックのギアを低速にいれた、暗澹たるスイスの陽光がすでに輝きを放つトンネルの出口では、問題でも発生したのか、車が迂回したり速度を落としたりして、辺り一面にブレーキランプが光っていた。

すべてが無駄な行為だった、誰もが普通に通行でき、警官は、ドライバーが速度を守れば、トンネル内の通行に支障をきたすことはない、と苛立たしげに手で誘導しているにすぎなかった。

警官が私に手招きをした、そして彼らの苛立ちは収まったようだ。私は路肩へと先導され、白バイ警官がバンパーのすぐ前まで来て、後についてくるよう指示をした。私はトンネルの出口から百メートルと離れていないところにある路側帯にトラックを駐車した。たちまち六、七人の警官に取り囲まれた。私は車から降りるはめになり、彼らはせわしなく、色めき立ち、ほぼ混乱状態で、まるで私がテロリストか犯罪者、はたまた積荷が激しく燃えさかっているかのようだった。

酔っているのか？

彼らは運転免許証と書類の提示を求め、トンネル、キャビンの屋根、それからセミトレーラーを指差した。

字が読めないのか？　標識がわからないのか？

キャビンの屋根にガラスが落ちていて、キャビン後部の車台にもガラスが落ちていた、いずれも大きなガラスの破片だ。

居眠り運転か？　トレーラーが高すぎるぞ！　彼らは怒鳴った。

トンネル内のランプすべてを、ひとつまたひとつ、そこに吊り下げられているランプすべてを、何百個とあるにちがいない、それらを粉々にしながら走ってきたことがわかった。セミトレーラーはトンネルを通過することができた、それはトンネルの天井をこすることはなかった、十センチ余裕があるのは間違いなく、それを自分の目で確かめた、だがなるほど、ランプも吊るしてあったのだ。

真新しいトンネル、私はそこの照明を消してしまった、ランプをひとつまたひとつ、警官が繰り返して言う、ドイツ語、イタリア語そしてフランス語で。そして三たび、私は結論を出した、失った時間を取り戻すことはできないと。

これは傷みやすい商品だ、と弁明してみた、というのも、破損の弁償を誰がするのか明らかになるまで、連中は私をその場に留まらせようとしたからだ。運転手か会社か？　どこの損害保険会社だ？　電話をかけさせられ、これが何時間も続くのだろう。

後続の車が次から次へと暗闇を走りぬけていく。

新聞に取り上げられたのは初めてのことだ、イニシャルで、トンネルを暗闇にしたベルギー人トラック運転手と。小さな記事、しかし、ほぼヨーロッパ全土で掲載された。

その切り抜きを取り置いてはいない。

彼は忍び笑いをした。

テーブルの席についたまま、じゃがいもの皮を乗せた新聞紙はまだ目の前においたまま。

朝食後に髭を剃るのを忘れた。昔は剃るのが習慣だった、それも起床後に、彼が髭剃り用石鹸、刷毛《はけ》、ミョウバン石そして鏡をテーブルの上に準備する間に、必要なお湯をシモネが沸かした。

シモネが家から去り、毎日、施設に見舞いに通った間、彼はこのしきたりを守っていた。彼女の葬儀の後しばらくすると、彼はそれを時々忘れるようになった。今ではそれをよく忘れる、やる気はまだ残っているものの、忘れることがしきたりであるかのように。

髭剃り用具一式を取り、食卓に置き、鍋に水をいれて火にかけた。お湯を沸かす間、トラ猫の姿がまだ見えない壁を眺めていた。空は青く、陽光が降りそそぎ、刈り取った草を乾燥させるにはもってこいだ。

お湯が沸騰しかけている、彼には音で分かった。

沸騰させなくていい、シモネは適温を心得ていたが、彼は時々間違えてしまう。

折り畳み式の髭剃り用鏡を開いて窓ぎわに置き、光を最大限に取り入れる。首とシャツの襟との間にタオルを挟み、残りの部分を胸元で広げ、髭剃り用石鹸と刷毛を手に取り、刷毛をさっとお湯にくぐらせた。慎重に、頬と首を刷毛で撫でる、肌が滑らかになるように、石鹸が肌に馴染むように。

無駄な行為だ、彼には分かっているが、習慣になっていた。

それから湿った刷毛がしっかり泡立つまで石鹸の表面を撫でつけ、刷毛を小刻みに動かしながら、首、頬、顎の縁と先、そして口周りに泡をつけていく、肌には生温かい感触だ。

拡大鏡に映る顔を見ると、白い髭だらけの男は年齢不詳になっていた。満足げに口を広げて微笑むと、赤みの乏しい両唇の細い筋が、泡にまみれて歯の上にむきだしになった。

二本の指で、耳もとまで皮膚を引っ張り寄せ、もう片方の手は、慣れた手つきで頬の表面を刃でそぎ落とす。器用に指をずらし、首の皮膚を引っ張り寄せ、首筋も同じ手つきで刃でそぎ落とす。顎と鼻の下は、最後に剃った。肌を傷つけることは滅多になかった。まだ手が震えることはない、じっくりと時間をかけて、昔からやっている傷をつけないやり方で、髭剃り用鏡がそれをつぶさに映しだす。

襟元からタオルを外すと、鍋の中で刷毛をゆすぎ、剃刀を綺麗にした。それからミョウバン石を取り、指を濡らし、石を湿らせ、やさしく顔になでつけた。習慣のひとつで、肌にあてがって引きしめる。それからシモネが彼の頬をなで、剃り残しがないか確かめる。

彼女がそれを忘れる日がくるまで。

その時、彼はまだ気づいてなかった。

彼女はよく忘れるようになり、兆候は記憶力だけにとどまらず、行動にも現れるようになった。


彼は時計に目をやる。時間が一気に飛んでいて、いきなり正午近くだった、食事の支度を急がねばならない、野菜、肉、食後のカッププリン。

いつも時間が飛ぶ瞬間がある、時には日に二、三回、一気に時間が飛ぶ。老人への同情の表れだ、と彼は考えていた、時間通り夕方になるための。

それが起こったのは、髭剃り中だろうか、じゃがいもの皮をむいている最中だろうか、それともっと前だろうか。

その瞬間ですら、彼は見抜けなかった。

彼はかぶりを振る、シモネがいれば、それが分かったのに。

冷蔵庫から肉を取り出し、皿に乗せ、塩と胡椒をふる、胡椒は多めに、それから野菜に取りかかる、その間に肉は室温になる、彼は肉を冷蔵庫から出してすぐに焼いたりはしない、シモネもすぐに焼いたりはしなかった、彼はじゃがいもを火にかけ、野菜を切り、ソースを作り、そして最後に肉を焼いた。

たまに、自分が支度をする姿を見ているような気がしたり、その状態から幽体離脱して、離れたところから、その先がどうなるのかを見ているような気がしたりする。テーブルにクロスを敷く様子や、自分のために綺麗にセッティングする様子をすべて。

肉を切り分けている間にも、じゃがいもはつぶれて野菜と混ざっていく、じゃがいもは身がほろほろとくずれるほど火が通りすぎていた。ひと口またひと口と口に運び、さっさとテーブルを片づけ、冷蔵庫からカッププリンを取りだし、調理台に寄りかかったまま平らげた。

それから、イタリア製の羊飼い用の短刀を探しにいった。

彼の記憶どおり、それは工具箱の中にあった。油を塗り、クッキングペーパーを巻きつけて回した。

短刀を手のひらに乗せる、古ぼけた手に古ぼけた短刀。

注意深く親指で切れ味を試してみる。まだ剃刀の刃のように鋭い。

刀身はくすんでいる、それは油のせいで、何回か切るうちに、初めて手にした時のような輝きを取り戻すだろう。当時、短刀はイタリアの太陽の下できらめき、羊飼いたちは山中で合図を送り合った。

ここでは合図を送ることもなければ、彼から何かを待っている者など誰もいない。

かつてはかなり大胆で、相当な頑固者だったが、今では短刀を鞄にしまう時に、そのことを笑うしかなかった。冷蔵庫からビールを一本取り出し、短刀のそばに置き、そしてすぐさま栓抜きも手にした。

空を仰げば、青く、太陽が浮いているところは明るく、小さな雲がいくつかあった。

離陸したばかりの飛行機も見える、どんどん飛揚していく、四つのエンジンを搭載した航空機。

アフリカから戻り、兄のところで暮らし、トラックを乗り回すようになって以来、飛行機に足を踏み入れることは全くなくなってしまった、もう終わったことだ。後悔など微塵もない、いや、後悔するまでには至らなかった。

きびきびした足取りで彼は歩きはじめた、本格的な遠足とは言いたくなく、商店街の坂道をのぞけば、このブリュッセルの郊外に障害を乗り越えないといけない場所などどこにもない。まずコインランドリーまで、そこまではどのタイルも、どの縁石も、どの排水溝のふたも知っている、もう長年この辺りを隈なく歩きまわっているのだから。

向こうの方に、街のさらに奥まで足を伸ばしたいときの路面電車の駅があり、南駅や北駅へ行くことができる、そこからバスに乗ると、彼が育った場所、今でも兄が暮らし、母親が眠る場所にたどり着く。

母は自分にできることはやり終えて、息をひきとり、そして兄から電話が入った、ある日曜日の朝のことで、私はすぐに駆けつけ、母の額にキスをし、自分の手を彼女の腕にあてがった。死後にも魂が残っていれば、母はそれを感じていたはずであり、死後に何も存在しなければば、何ら害を及ぼすこともないだろう。

母の埋葬後、もう兄を訪れることがないのは、私にはわかっていたし、兄にもわかっていた。私たちは墓穴の縁に肩を並べて立ち、握手を交わし、兄が鍬を手にし、私も鍬を手にし、土をすくっては棺桶にかけた、ドサ、ドサ、ドサと。これで終わり。葬いの後の会席で、私は参列した旧友らと共に酔っぱらった。その後、公証人からも招待状が届いたが、それには一度も顔を出さなかった。私は母の尿瓶のことだけを問い合わせた。

長年、もう墓地には足を運んでおらず、たまにバスに乗ろうとは思うけれど、結局、実行には移さない。十字架のついた石を拝む気などさらさらない、それなりの過去がそこに残っているだけのことだ。

彼が覚えている最も古い過去は、老いぼれ犬の小屋に入りこんだ午後の出来事で、それはドイツ産の牧羊犬、父親が二百本のたばこと交換してドイツから連れ帰った犬だった。皆でその犬を「土星」と名づけ、誰ひとりとして、父ですら、天文学についてひと言も語ることのない農園の犬にどうしてそんな名前をつけたのか説明できなかった。それでも夜にはベッドに入る直前に、父親と一緒に漆黒の空いっぱいの光の点を眺め、父親は彼に根気よく大熊座と小熊座、北極星や白鳥座を指で示した、その間に霜が降りそうかどうか、天気がもつかどうかも観察しながら。

農園では、あらかた地面ばかり眺めていた。皆が天を仰ぎ見るのは、収穫に適しているのかどうか、刈り入れや干し草に適しているのかどうかを探るときだった。自分たちが幸運にめぐまれているかどうか、空を見たら十分にわかった。労働、それはどのみち、免れることはできなかった。最も幸運な場合には、空は天国にも思われた。

蠅がうるさく、窮屈で暗い犬小屋の中で、温かい犬の後ろで壁に背をもたれて座っていた光景がよみがえる、目の前の犬は耳をぴんと立て、その頭を動かすたびに錆びた鎖がガタガタと音を立てていた。不思議にも、彼はくつろいだ気分だった。犬の頭上には、卵型に切り抜いた出入り口からの眩《まばゆ》い日の光が見え、それは住居の玄関や家畜小屋を伝い、玄関の向かいに建つ厠《かわや》の上にまで落ちていた。母親が食事のために彼を探しに来たとき、彼は大声で返事をした、土星の広い背中ごしに、座っている場所を誇らしげに。母親が心配そうに片手を口に当てているのが見えた。

そのまま、動かないで、と母親が叫んだ。

彼女は父親を呼びに戻った。それから毛を逆立てて唸《うな》る犬を、ふたりしてミルクやパンや肉で気を引きながら、彼にその場を動かないように、犬の注意を引かないように、と警告し続けた。

母親には、それが永遠に続くように思えた。――彼には、蠅が憂鬱に飛び回るだけで、犬小屋での時間は止まっていた。

ようやく、昼食用に焼いた鶏の手羽肉で、犬の気を引くことに成功した。二人は、鎖が伸びきるまで犬をおびきよせた。父親がステッキを手に持ち、腕にジュート素材の袋を巻きつけて戻り、小さな少年をそっと小屋から出すと、犬の届かないところへ素早く連れていった。

その直後から、この一件が頻繁に話題にのぼり、当時どれほど言うことを聞かない犬だったか、いい番犬ではあったが、晩年は飼い主に従わないことが多かったという話をきかされた。土星は、彼に一度も噛みついたこともなければ、牙をむいたことすらなかった。晩年は耄碌《もうろく》して後ろ足が不自由になり、鉄の棒で殺された当日は私も立ち会った。父は、この犬の頭蓋骨を一打でしとめたかったが、五回叩いても鳴き続け、なかなか絶命しなかった。ことをやり遂げた後で棒を見ると、折れ曲がっていた。

さて彼はもう次のことを考えていた、刈りに行く草のことを、手が段取りを覚えているかどうかを、短く一振り、地面に対して、これで茎はあまり垂れ下がらず、草が容易に裂けるので、刈りやすいはずだ、ザク、ザク、手首と前腕を使って、彼にはまだその力が十分にあり、すべり出しが良ければ、振りは一発で決まる。

彼はもう曲がり角まで来ていた、そこにはコインランドリーがあり、そこから上り坂になる、それほど歩いた気はせず、短刀とビール瓶が入った鞄は重たく感じず、上着ははだけて、太陽が彼を暑くして、この用件にはもってこいの日だ。彼はほくそえむ。

最初の空き地まで歩を進めていく、家並みを縫って。

ノゲシ、オオツメグサ、カタバミ、ヤエムグラ、彼はまだ草を見分けることができ、眉根を寄せ、この中からいかにして良質の草を刈ろうか、と思案した。

そこかしこにごみがあり、袋から中味が飛び出し、イラクサとアザミで半分が覆われ、ヤエムグラに絡まれていた。

空き地の途中に、古いロシア車・ラーダの残骸があった、フロントガラスはなく、タイヤはひとつが消え去り、もう片方のふたつはリムだけが残っていた。ドアは難なく開く、こすれて、きしみながらだったが、油をささないといけないほどポンコツな音だったが。

彼はドアを開けたところにしばし腰をおろす、後部座席に浅く、そしてビール瓶と栓抜きを鞄から取り出す。

ここは彼にとって最高の座り心地で、両足を休めることができ、残骸の中の温もりがビールをいっそう美味しくした。彼は数回がぶ飲みした。

それから食道の奥から込み上げるげっぷをしばし待つ、それをやり遂げるまで、猛烈な苦味を口の中に味わいながら。彼は満足げに微笑んだ。

げっぷの後の微笑みは、エルナの気持ちを和らげることができた。

彼はもうひと口飲むと、手の甲で機械的に口の周りをこする、この動作は第二次世界大戦が終わった時の一杯目から繰り返している。それから手を膝の上に置いた。

茎が十分に伸びた適切な草を見つけなくては、目の前にある貧相な草ではない、脆すぎても短すぎてもだめだ。向こうの方、ごみ袋の山をこえた奥の方、あの辺りにちょうどいいものがある。

太陽に乾杯するかのように、彼はビールを持ち上げ、瓶が空《から》になるまで一気に飲み干した。

空き地にぽつねんとしている彼を見かけた者は、きっと兎の餌を刈りに来たんだと思うだろう。手首の素早い動きで、思い描いたとおり、短刀を地面に対して平行に、短く引き、最初の草の茎の束を刈り取った。

短刀は草刈り鎌ではない、刀身は手のひらよりわずかに長いくらいで、一回の動作でたくさん刈ることはできない、だから手首を使った一連の動きを繰り返す、ザク、ザク、それを彼は続けた。
六、七回繰り返してから、小さな草の束をひとつにまとめた、兎には十分な量だ、しかし彼が必要とする干し草の量ではない、いったん手を休め、背筋を伸ばし、もっといい場所はないかと見渡せば、そこにはおびただしい数の雑草が伸びていた。瓦の隙間にカタバミやオオツメグサが紛れこむのはご免だ。

彼はたばこに火を点《つ》けた。

当然、マルタとの一件がよみがえる、あれも六十年ほど前の出来事だ。あの時、鋭い爪でひっかかれたように、私の記憶に刻まれている。マルタは格別の美人というわけではなかったが、不細工というには程遠く、その衣服の下には極上の肉体をもっていた。野性的な身のこなしをする女だった。

あの夜、彼女は陽気で気が大きく、私たちと同じように飲んでいた。

私たちはマルタと一緒に自転車で運河べりを走り、彼女は何も気づいておらず、彼女の従弟も一緒だった。

ハシバミとニワトコの茂みで、ジョルジュがマルタの自転車の前輪に足をひっかけ、彼女は路肩に倒れこんだ。私たちにもう猶予はなかった、彼女の家へと続く横道まであと百メートルのところまで来ていて、運河の路肩という隠れ蓑《みの》を失ってしまうのだ。

レネがマルタを押さえ込み、彼女が抵抗した、私は彼がためらうかもしれないと思い、すぐさま彼女に飛び乗り、ジョルジュがそれを認めた、ジョルジュが一番手を務めることは最初から申し合わせてあったのに。ジョルジュは、私がマルタの下着を脱がせるのを手伝い、私は彼女の口に手をあてがい、彼女の中に挿入した。

当然、忘れてはならない、我々は誰かに自分の欲求を強要することがあるということを。あっけなくことが運んだ、ということが最も鮮明に記憶に残っている。

運河のほとりのハシバミの茂みで、マルタが犯される可能性はもともとあった。行為に及んだか否か、そのことについて後でとやかく言ってもしかたがない。所詮、ヒトのほうがネコよりも価値があるというわけではない。人間にその意味を与えるのは、お互いの関係とそれについての哲学者ぶった考えにすぎないのだ。

この件が翌日に父の耳に入り、私はすすんで背中と両腕を差し出した。

手綱には父があらかじめ私に結び目をいくつか作らせてあり、手綱の一打ごとに、その一打ごとにマルタにくらわした突きのことを考えていた、そして私には手綱に耐えられる自慢の強さがあり、父と同じぐらいの力があると感じていた。罰を受けるのは、その力のほんの一部にすぎなかった。

私が数回うめき声をあげたので、父は私があまり強情を張り通さなかったから、その時はこれで終わった。

次の週、私はコンゴ行きの飛行機に乗せられ、姉の農園へと向かった。

私はマルタのことをこれっぽっちも心配しなかった。私にとって彼女は、あの夜、他の三人とつるんで捕獲した小娘、抵抗したが私がその抵抗を最初に諦めさせた小娘にすぎなかった。

自転車に乗った人が通りすぎていく、彼はその人たちに挨拶をするが、面識がないので、誰も挨拶を返さなかった。

彼らが目にするのは、崩れた土手を通ってさまよい、あたかもそこに風景が広がっているかのように家並みの間隙のほうを見やるひとりの老人男性。

スウェーデンやアルジェリアを、その前はコンゴでトラックを乗りまわし、真の風景を目の当たりにしていた。それは彼の記憶にこびりついている、マルタの件と同じ方法で、スナップショット、一分間、十五分間、あるいは彼が不意を突かれたまれな一時間でさえも。その瞬間に、その場所にいた、という感覚だ、地球上のほかならぬ場所に。

足元に吸殻を捨て、靴底で火をもみ消した。

彼は歩を進める、あと二十分も歩けば町中《まちなか》から離れると思った。そこには陸橋のそばに、さらに良質の草を刈り取ることができる草原がある。

とにかくそれを見に行ってもいい。日はまだ高く、まだ午後の中ごろだった。

車の音は背景の喧噪と化し、静まり、かすかだが消えてしまうことはない。

彼はこうした騒音とは疎遠になっていくような気がした。

昔、彼はほとんど間違うことなく、マックが通ったのか、それともベッドフォードか、マン、ボルボ、スカニア・ヴァビス、ドッジ、メルセデス、どんなトラックだろうが、エンジンの駆動を聞くだけで当てたものだ。これらの音は絶滅してしまった。ドルニエもフーガ・マジステールもまったく耳にしなくなったように。この手の戦闘機の時代は終わった。


舗装道を少し進む、草原へ行くには轍《わだち》をたどって歩かねばならない。

あちらこちらに苗芝が伸び、起伏のある砂地を、彼は慎重に歩を進めていく、顔は地面を向いて。彼はどんなでこぼこにも注意を払う。

今でもジャングル中をさまよえば、どんなあやしい痕跡も、どんな罠の可能性も、どんな些細な不穏も、どんなブービートラップのしるしも、彼は察知することができるだろう。

とりわけ己を信じなければならない、経験上分かったのだが、ポーランド人は無謀すぎ、イギリス人は控えめすぎ、黒人は無頓着すぎるからで、規律は確かに助けにはなるが、場合によっては少しばかり知恵を絞る必要があった。

一番美しかったのは、ドルニエ機で飛び立ったときだ、ゆらめいて見える空、追いかける雲ひとつない空、その王座に鎮座して無防備に燃えたぎる太陽。眼下には、ジャングルとサバンナの多彩な濃淡、一筋の川の流れ、湖のきらめき、トタン屋根の輝き、それに、同じ様式で建つ住宅街、村落や散在する農家、教会、宣教団の本部。

マルクト広場に何か問題はないか、川や沿道に動きはないか、連中が慌てて身を隠そうとした森の中も偵察するために、ぎりぎりの低空飛行を行った。戦闘機の出現など、連中には思いも寄らないことだった。時には一斉投下を食らわせた、連中は隠れ蓑を探す必要があるため、進軍を遅らせるには十分で、あるいは、こちらが連中に気づき、居所がわかったことを知らしめられればそれでよかった。

一斉投下が命中したかどうかについては、気にする必要はなかった。チョンベ[*1]とカタンガ族は、私が戦闘機で離陸し、無事に戻ってきただけで喜んだ。

たいてい私たちは二、三機で飛んで互いを援護した、というよりも互いを見張るためだったのかもしれない、流動的な状況下では互いを信頼できるかどうかは、誰にもわからなかったからだ。しかし私が定期的にひとりで飛んでいたのは、他の航空機が修理中だったり、燃料不足で陸地での待機を余儀なくされたからだった。

私が誰とでもうまく付き合えたのは事実で、それというのも、どんな事柄にもこれっぽちも関心がなかったからだ、独立賛成派は反対派よりも公正でも公平でもないと思っていた。

照準器で捉えた禿げ鷲を標的に、サバンナの奥深くまで駆逐し、一羽また一羽と羽毛を飛散させながら地上へ落ちていくのを見る、このような狙撃の演習を私がしていたことは、誰にとっても不利にはならなかった。これには思いのほか時間をさいた。

あの戦闘機から確実に射止めたものは、その二羽の死骸だけだった。

＊1　コンゴの政治家。ベルギーからの独立後、カタンガ州の実権を掌握して「カタンガ国」の独立を宣言。コンゴ動乱のきっかけとなった。

瑞々《みずみず》しく草が茂る、タンポポとキンポウゲの草原だった、しかし草ばかりで瓦の隙間を埋めるのは申し訳ない気もした。

彼はかがみこんだ。

空き地で刈った時と同じ要領で、勢いよく数回、腕を振り、良質の草を束にして刈り取っていく。

彼は短刀を拭き取る、かがんだままの姿勢で、ズボンのすそ、くるぶしのあたりに刃をあてがう、そこなら目立たない。

刈り取ったばかりの草の香を、鞄の上に鼻を当て、かがんだ姿勢のまま嗅いだ。こういう香りは、町中《まちなか》で匂うことはない、手入したばかりの公園に居る時でさえも。

彼は体を起こす、これを干し草にするときの香りが思い浮かんだ。

その香りは忘れない。

どれほど頻繁に干し草の中で戯れたことか。その後で自ら収穫し、車の荷台に積み上げ、それから家畜小屋の屋根裏に保管したものだった。

彼がコンゴから戻った時、兄は新たに大きな納屋を馬小屋の隣に建てていた。納屋の奥には、ひと夏分もの藁《わら》が保管してあった。

彼はそのことを鮮明に思い出し、笑みがこぼれた。

決心はとうについている、お誂《あつら》え向きの積荷をお誂え向きのタイミングで彼のトラックが運ぶときまで、もうすこし待つのみ。

行動を起こすにふさわしいとにらんだ積荷だと、すぐに彼は実行した。

正午、山積みの洗剤をなるたけ早くイタリアまで運搬するため、どの倉庫で受け取るべきかという連絡をその日のうちにもらった。彼はすぐさま出発。倉庫では、わざとコンテナの整理作業がはかどらぬよう人知れぬやり方で手を貸し、半時間ほど埠頭を妨害した。荷物の受取はスケジュールの変更を余儀なくされ、彼の順番は後回しになり、荷物を積んで出発した時には、薄暮が迫っていた。

同乗者は、彼が上司に直々に願い出た若い男で、ふたりで儲けを山分けすること、何が起ころうとも口外しないことを心得ていた。

彼は兄の農園までひたすら車を走らせた。

遅い時間、小さな村落の沿道に人影はなく、彼は一定の速度と、単調なテンポで通りぬけた。もう寝床に入っているかテレビを見ているかしている住民は、まだ道を走るトラクターがいるのかとしか思わないだろう。セミトレーラーを牽引したトラックが、こんな時間に走っているとは誰も思っていなかっただろう。

農園は、小さな村落の端から離れたところにあり、そこから小道へと続く道路の一番端の家屋が兄の家だ。

いったんそこで彼はライトを消した。同乗者の指示に従って、彼は何度もハンドルを切り、後ろのセミトレーラーを家の敷地内に乗り入れて向きを変えた。鎖につながれた番犬が吠えた。ところが彼は犬と顔なじみで、キャビンから叱りつけながら声をかけた。犬はおとなしくなった。

彼の声には動物にもすぐにわかる強制力があった、コンゴで習得したものだ。

急がねばならない、と彼はエンジンをかけたまま、キャビンから飛び降りた。ぞんざいに犬の頭を撫でると、セミトレーラーの後部に急いだ。

いくぞ。

金てこをしっかりと手に持ち、思い切り引っ張り、封印したトラックのドアを開けた。

封印は解かれた。

もちろん。やるぞ。

納屋の木戸を勢いよく開ける。納屋の明かりは、どこにもぶつからずにすむ程度には十分で、農具の間を抜けて大量に積まれた藁のところまで辿りつくのにも、藁の山に登るにも袋を移すにも十分だった、それ以上の明かりは必要なかった。こういう場合、あまり多くの光が当たってはならない。

同乗者がすでに洗剤数パックを重そうに抱えて近づいてきたとき、兄が驚いた面持で納屋に入ってきた。

彼は兄に一部始終を手短に説明した。

洗剤を藁の下に隠していることを、兄がそれを使ってもかまわないことを。しかし洗剤を捨て値で売るつもりだから、兄やまわりの者は、この取引について口を閉ざしていなければならないことも。

犬に対するきつい口調を、兄にも使った。

また寝にいけ、誰かに何か訊かれたら、何も見ていないし、何も聞いていない、今夜は起きることなく、ずっと眠っていたと。犬が吠えることもなかったと。

そして兄は、その通り家の中に戻った。

さらに半時間、同乗者と一緒に必要な分を藁の下に隠すまで作業をこなした。ランプの明かりを消すと、納屋の鍵を閉め、トラックの鍵も閉め、農園を後にした。

犬はうんともすんとも言わなかった。

ルクセンブルク大公国との国境に向けて、ふたたび狭い道路を走行中に、彼はライトを点《つ》けた。


アールレン市の近くで、道路脇に数時間、車を駐車した。金てこは、森を走りぬける間に捨てた。ふたりともキャビン後部のベッドでぐっすり眠った、泥棒に貨物スペースを引っ張り開けるすきを与えるために、封印を壊して山と積まれた荷物を持ち去るすきを与えるために。

早朝、辺りがまだ真っ暗な中、彼らは国境に辿りついた。

積荷の一部が足りないことに気づいたのは、ルクセンブルク人だった。それはもっけの幸いだ。ふたりはもう国外にいた。

尋問、会社の事務所と電話のやりとり、ベルギー人税関吏と相談。当然、彼らも疑われたが、同乗者も彼も一歩もゆずらなかった。ふたりは国境付近で睡眠を取り、早朝に出発し、うまくいけば晩までにイタリアに到着するつもりだった。足止めをくい、この時点でそれが不可能になった。

彼はたばこに火を点けた、苛立ちから、いやむしろ、どうにもできない現実を前に、あきらめ、落ち着いていた。

警官がすべての手続きを終え、彼らは出発できることになった。残りの洗剤を目的地まで届けなければならなかった。

イタリアでは、エスプレッソマシーンの積荷を受け取り、ベルギーまで無事に運んだ。事務所は彼らにテレックスと電報で、注意するよう呼びかけ、監視つきの駐車場でだけ夜を明かすよう伝えた。

ベルギーでは、すぐにトラックを引き渡さねばならなかった。ふたりとも、そのまま首になった。

そんなことはどうでもよかった。彼はトラック運転手の境遇がわかっていて、一週間後、新しい仕事についた。愚痴をこぼさず長旅を次から次へとこなす心構えがある経験豊かな者など、そう滅多にはいないからだ。

その翌週、彼は膨大な量の洗剤を売りさばいた、カフェに行けば口コミで難なく客がやってきた。結構な額の小銭を稼いだ、これでしのげる、賃金は大半が飲み代や女遊び、たばこ代に消えてしまうからだ。当時、娯楽や嗜好品はどれも今ほど高くはなかったのだが。

エルナが癌で亡くなってから、たばこの本数を控えるように心がけてきた。昔からの習慣を変えるのは非常に難しい、習慣がひとりでになくなってしまうか、あまり考えずに続けるかだ。荷物の積み下ろし作業の間、彼はよくひとりでカフェに座り、ビールコースターをいじる手元や、指にはさんだたばこを見つめていた。たばこを吸いこみ、舌を使って煙を口の中に溜め、唇と喉彦で押し出し、煙で形を作る。そして、綺麗な形ができたかどうか眺めた。ふわふわと浮き上がって広がる円もあれば、きのこ雲や宙に浮く小舟、ハート型もあった。

何もすることがない時は、そんな練習をしていた。

誰か話し相手がカフェに入ってくると、その作業を中止した。彼は自分のためだけに煙の形を作っていた、ソリティアに興じる人がいるように。

後に、国家警察が来たことを彼は兄から聞いた。彼らが、長い錐《きり》で藁の山に突きさしたことも。住居の地下室や天井裏を捜査したことも。兄夫婦は、取り調べを受けた。突き錐のせいで、数パックの洗剤が破損した。だが、洗剤粉は柔らかかった。薄い段ボールの包装箱は、藁のかたまりほど錐に対する抵抗がなく、引き抜く際に、錐は藁で綺麗にふき取られた。国家警察は何ひとつ見つけられなかった。

当然、この安易な成功がもう数回やってみることをそそのかした。コーヒー、マカロニ、そういった類の商品を。

彼はどじを踏んだことにされた、運送会社の配達人たちがそういう言い方をしたのだ、会社が証拠を見つけることはついぞなかったが、雇うなり会社は彼をあやしいと睨んだ。

彼はそうたびたび実行はしなかった。時には四、五か月の間隔を置き、サウジアラビアやフィンランドまで走った。その後、会社の警戒心は緩んだ。

父は決断を下した、母には相談もせず、私もその場にいる時に、私の姉とその連れ合いが経営するコーヒー農園を手伝うために、次のコンゴ行き飛行機で私をコンゴへ送るとだけ告げた。姉はその一年前に、その植民地へと旅立っていた。私はコンゴのことなどまったく頭になかった、しかし一度決めると、すぐに渡航が待ち遠しくなった。

マルタとの一件で、不本意にも追い出されたのだ。

スキャンダルと裁判沙汰になるのを父が封じた。

それでも私の生活は普通に続いた。私はもうすぐ十九歳で、女とやりたい盛りの年頃だった。それはコンゴでも、父の干渉から遠く離れ、できるはずだ。

農園の仕事に飽きることは全くなかった。姉とその連れ合いに割り当てられたキブ州の土地は、その大半がまだ開拓する必要があった。私が到着した時、姉夫婦はいくつかの湿地帯の整地に着手しようとしていた。ふたりは領地の真ん中に木造の家を建てた、小高い丘の上だった。トラックはそこから一キロ離れたところに置いてこなければならなかった。丘へ向かうには細い歩道しかなかった。

私は黒人労働者らと一緒に、姉の家の外壁沿いに自分の部屋を増築する必要があった。できあがるまで、使用人の部屋の簡易マットレスで寝起きした。増築用の木材は、湿地帯の周辺の木を伐り出したものだ。黒人らは、丸太を製材所に運ぶためにトラックに積みこむのを手伝ってくれた。トラックでの運搬に半日を費やした。製材所は、お茶の栽培も手掛けるギリシャ人の領地内にあった。一週間後、住居を完成させた。

私はベルギーのことも、そこで楽しみを求めて仲間とほっつき歩いていたことも、ほどんど考えなかった。ここには、うまくやっていける黒人がいた。彼らが農園の仕事に就いていようが、彼らなりにやっていようが、どうでもよかった。一日の大半は、湿地帯から水を抜くための排水溝を掘った。三キロにも及ぶ排水溝、蚊や虫の大群にまみれて太陽の下で長時間続く作業だ、それでも黒人の労働者らはひるまず、私も彼らにひけをとらなかった。百人がかりの長い一列。「カピタ」と呼ばれる責任者は、私が白人であることを気にもとめなかった。

黒人らは、私が彼らと同じ作業をしていることが理解できなかった。

私はただ、他に何ができるのかわからないだけだった。義兄は、まかない付きで住まわせてくれてるうえに、給金まで払ってくれた、私には小遣い程度にしかならなかったが。

すべてが目新しかった。

夜になると、黒人らと一緒に、農園内にある彼らのキャンプへと出かけた。彼らが醸造したビールを飲み、彼らが用意した料理を食した。彼らの女房や娘と知り合いになった。彼女らの年齢を推測するのは難しく、そのたたずまいに手がかりは乏しかった、立ち居振る舞いや声の響き、豊満さ、しゃべったり歌ったり、ささめいたり叫んだりする時の空虚さ、肌のつや、鋭いまなざし、伏し目、腰の動き、厚かましくて、とりすました態度にも、手がかりは得られなかった。私にはその時、十四歳の少女なのか四十歳の女性なのかを知ることは、まだ重要なことのように思えた。だが、私はすぐに学んだ。私は昼間から夜にかけて、そしてまた昼間へと生活を送った。


来てまだそれほどたっていないころ、姉に知らせることなく私は農園から出かけた。白人の猟師と黒人の勢子《せこ》をそれぞれ数人ともなって、サイかライオンあるいは象を射止めようと思い、サバンナに向けて車を走らせた。

私たちはロッジのテラスに座っていた。私は一番若い白人だった。

「ポンベ」を飲んだ、酸っぱくて、泡のない、黒人が醸造したビールだ、酔うほどに胃が痛くなり――酔うことで胃の痛みを忘れる、それで本当に病気になることなどなかった。

他の白人は、ヨーロッパで醸造されたビールを飲み、木製ケースに一リットル瓶を入れて持ってきていた。

サバンナでは、ハイエナが鼻をクンクンさせながら唸る声や鳥がカサカサと立てる音以外は、夜に次第に疲れて酔がまわる私たちの声で埋め尽くされるばかりだった。

ボーイらはロッジの外にテントを張り、火を焚《た》いたまま眠り、猟師らはロッジの部屋に行く支度ができていた。私も、ロッジに入るよう誘われた。彼らはそこで謎めいたことをしていた。私にはすべてが新鮮で、どうでもよかった。一カ月前は、実家から半径十キロにも満たないところにある定期市やカフェなどをうろついていたというのに。

農園での滞在も十四日が過ぎていた。白人のノルマに従う厳しい労働だったが、私のやっていたことは、今ごろ黒人の誰もが喜んで代わりを引き受けてくれているだろう。

ロッジの部屋には、オイルランプでも壊すことができない濃い暗闇が広がっていた。蚊帳《かや》は結わえて丸玉のようになってベッドの上で揺らぎ、そのベッドの洗い立てのシーツがほのかな光を反射するより早く吸い込んでしまうかのようだった。

私は服を脱ぐ、「ポンベ」で頭はのぼせ、胃は腹の奥で固いスポンジのように膨張していた。私の体は、幽霊じみた血色の悪い色になっていたにちがいない。

蚊帳を外すと、部屋の中に誰かの気配を感じた。

私は体の動きを止め、しばし微動だにしなかった。

突然、ゆるやかに滴る汗の強烈な臭いを感じた、おそらく飲みすぎて、こうした考えにとりつかれたのだろう。

蚊帳をベッドの上方に設置し、縁をマットレスの下にきちんと留め、ベッドの上で跪《ひざまず》くと、女の膝か太ももに私の手が当たった。私は驚きもせず、不思議に思っただけだった、彼女がじっと押し黙っていることや、女の存在を自分が感じとれたことを。彼女は暗闇に紛れ、今、目を開けたとたん、輝くふたつの点が、暗闇に突き刺さるのが見えた。フックに掛けたオイルランプを握ると、女の黒い輪郭がおぼろげに光の中に浮かびあがった。彼女は腰を黒っぽい布きれ一枚で覆っているだけだった。

私は、ベッドのこちら側、蚊帳が開いている方へ来るよう手招きした。

ゆっくりとすり足で、ベッドの縁を回って彼女は私の方にやって来た。私はランプをまたフックに固定した。蚊が容易にガーゼ地の下から侵入することができたのは、蚊帳がベッドの縁の一カ所を開けたまま掛けてあるからだが、ふたりとも上の空だった。それどころか、彼女が私のためにガーゼを持ち上げ、そのまま立っていたので、蚊はどんどん進入してきた。

私はオイルランプの給油口を閉め、火が消えてしまうまでの間に蚊帳の網をくぐることができた。

マルタと自然にそうなったように、自然にことは運んだ。

朝食時、にやけた顔の猟師たちは、夜はどうだったか、ハイエナの鳴き声に悩まされたか、ひょっとして部屋に侵入されたか、と知りたがった。

これがその謎めいたことというわけだ、アフリカ大陸で過ごしはじめた二週間は姉の農園からほとんど出ることのなかった青年が、どんな行動に出るのか見てみようというのだ。

私がどうしてコンゴに来たのか、彼らは知る由もなかった。

彼は草を鞄にいれて提げると、舗装した道へとふたたび轍《わだち》をたどってゆっくりとすり足で歩いていった。

自宅へ帰っていく、ゆっくりと、轍をたどって一歩また一歩、砂場を通り、苗芝を通り、足元のでこぼこに気をつけながら、鞄を片方の手に提げ、もう片方の手は、足元がふらついたときに、バランスを取るために空けていた。

コインランドリーに通じる道まで来た時、すでに交通量は大幅に増えていた。

交差点では、道を渡るまでかなり待った。丸太を積んだトラックがゆっくりと通り過ぎていった。──その車が街で何をしていようとも、運転手の道のりがどれほど気まぐれなものになるか知っていた。エンジンが唸りを上げるのが聞こえた。

コインランドリーには女性がひとりしか残っていなかった。彼女は壁際の作業台でリネン類の整理をしていた。窓に背中を向けて立っている。広い肩、ふくよかな腰、太い脚。女性の身なりはきちんとしていて、態度は丁寧だが、少し機械的だった。そしてこの瞥見だけで、彼女は彼の生活から消え去る、もう彼女の顔を見ることもない。

おそらく彼は歩きながら夢をみたり、物思いにふけったりしていたのだろう、いずれにせよ特に何にも気づくことはなかった、もう家のキーを鍵穴にさして回し、草と短刀と空の瓶が入った鞄は足元に置いてあるので。

彼は通りを見やった。向かいの家の前に、別の引っ越し業者の車が止まり、今回は荷物が降ろされた。

こういうものだ、引っ越しというものは、他の住人が入り、次々と隣人が変わっていき、そうやって結局、世界も変わっていくのだ、そう彼は思い、家の中に入った。

彼は靴を脱ぎ、上着を脱ぎ、草を内テラスに運び、しっかり陽の当たる場所に広げた。

それから彼はソファーに横たわり、目を閉じた。

今はゆっくりするとしよう、何も考えないようにしよう、眠くなれば、そのまま眠ればいいし、うたた寝するだけでもかまわない、休めるなら何でもいい。外の音も、窓にへばりついた太陽の光も、過ぎ去った時間も、そして時間が飛んでしまったことも、まったく気にならなかった。

何も気にせず、ひたすら横になるのだ。

ここにシモネもよく座っていた。

私はまだ考えているな、そんなことを気にしてはいけない、来るならこい、私はあらがわない、シモネがここに座っていると、時々彼女を見つめてしまっていたように。夜、私がビールを一杯やっていたとき、彼女はテレビを見ていて、私は彼女がテレビを見ている様子を見ていた。彼女は両手をひざの内側で組み、片方の親指でもう片方の手の表面をさすり続け、それは、穏やかで、根気よく、単調な動きだった。この少し軽率な行為に、母のことが偲ばれた、祈りをささげる時、母はほぼ一律に親指を動かして、両手でロザリオをこすり合わせていた、夜になるといつもそうしていたものだ、第二次世界大戦下で爆弾が投下された時も、そして戦後、空は明るく、何も恐れることがない時も。父が私を手綱でたたいた夜もそうだったように。世の中に無力な母の信仰深さ。彼女は自分の娘がコーヒーを栽培する遥かコンゴに私を行かせるはめになった。そこで私はどうなるべきだったのか。

シモネに信仰心はなく、それは単なる親指の動きだけれど、私は彼女を観察するのが好きだった。彼女の親指の動きがふいに止まるのは、もう片方の手の一センチほど上で、テレビで何かが起こりそうな時、固唾を呑む一瞬であることが、私には分かり、その後また親指でこすりはじめる。

そして夜が深まると、彼女はソファーから立ち上がり、キッチンに行ってカップ二杯のコーヒーを淹《い》れ、そしてその都度、あなたも一杯どう、と聞く。そしてその都度、私はうなずき、それを彼女はとっくに分かっていて、だからこの質問がコーヒーを淹れる前に聞かれることは一度もなく、物事の順序は関係ないというのが習慣になっていた。それはいつも、二杯の淹れ立てのコーヒーと数個のクッキーで終結した。

そして今、彼女が好んで座っていたこのソファーに私が座っている、夜のとばりも降りていないのに。

彼の頭は少しかしぎ、輝く一筋の涎《よだれ》が口角からしたたり、シャツの肩の部分に小さなしみを作った。両手をお腹の上で組んでいる。たまに、膨らんだ唇から深い呼吸の音が漏れた。口はふてくされたような形だが、微笑んでいるようでもあった。彼の上唇は、顔の他の部分よりも青白く、かなりの歳月、口髭を蓄えていたことが分かるほどだ。

彼が髭を剃ったのは、エルナが亡くなる数カ月前だった。

彼が何をたくらんでいるのか、その一分前まで、誰にも言うことができなかった。彼はキッチンからはさみを持ち出してバルコニーに行き、そこで、何も見えない空を見上げながら、手探りで大雑把に切り落とした、はさみの金属部分が唇にあたると、ひんやりした。濃い赤みがかった束が手すりを越えて落ちた。彼はキッチンに戻ると、髭剃り用具を手にとり、鏡をのぞく前に顔に石鹸をつけた。ついさっき、髭が存在した最後の名残を目にした、それは彼が長年に渡り、切りそろえ、形を整え、その感触を手で確かめていたもの、石鹸の白い泡からあちこちで突き出ている短い銅線だ。彼がキスをすると、エルナは笑った。シモネは、彼が髭を蓄えているのを見たことがなかった。

時折、口角からしたたる涎を吸い上げ、小さなすすり音を立てた。

今、水たまりのところで大きな歓声と喝采が聞こえた。私はその水たまりを知っている、と彼は思った。そこで遊んでいるのは子供たちだ。曲がりくねった並木道は集落まで、そしてマルクト広場まで続いている。ピックアップトラックの男性グループの中に自分の姿があった。私たちはライフル銃を携え、身なりのどこかに、兵隊だとわかるものを身につけていた。うち二人が白人、デンマーク人と私だ。将校と兵士らは黒人だ。私たちはマルクト広場に乗りあげ、ピックアップトラックをバンパーが最初の屋台にぶつかる寸前で停車した。

村人の興奮した声、砂煙を立てる車輪、屋台に軽く当たる音、不意を突かれた木の板が短く割れる音だけが聞こえた。トラックのエンジンは、減速しながら止まった。屋台は倒れることなく、半センチ傾いただけだった。

売り子たちは、最も高価な商品を手前に引き寄せ、買い物客は急いで勘定を済ませたり、商品を買わずに引き返したりしている、他方で若い男が数人、大きな歯をむき出してにやにやしている。兵士らはトラックから飛び降りた。

私は売り子と熟したパイナップルについて、半分フランス語で、半分は現地語のチョクウェ語で交渉した。黒人の将校とその兵士らが、村出身の男たちとしゃべっていた。彼らは女性ともおしゃべりをし、時々体に触れていた。

村人たちは、私たちがすでに出会った他の村人すべてと同じように、そっとしておいてくれることを望んだ。彼らは、この地域の地下に何があるのか知っていたが、それを自分たちで掘り出すことができないことも知っていた。彼らは、自分たちも金持ちになることができるもの以外、銅やウランや金には関わりあいたくなかった。もちろん、彼らはカタンガ族の仲間であり、この土地は彼らのものだから、彼らの土地を守る者は仲間だ。

デンマーク人と私はうなずきながら、二人ともトラックの荷台に両肘をつき、パイナップルを大きくて鋭利なナイフで剝き、その大きな塊を口に運んだ。果汁が口元からこぼれ、軍服の襟カラーに小さなしみを作った。

デンマーク人は腕時計を見やる、しかしそれは何の役にもたたなかった、白い腕時計で黒い時間は刻むことはできないのだ。木のてっぺんと川床の上空にある太陽、そして兵士たちの空腹加減、血流の速度、足の下で踏みつけられた影、こうしたもので何時なのかわかるのだった。

影がいつも黒いのを知っているかい、白人のもな。

急がせろ、とデンマーク人が言った、それに、この村には鶏はいないのか？　女たちにいくつか焼かせろ。

黒人の将校は、満足げだった。意見の一致が満足感を助長した。

この村のすべて、彼ら、そして向こうの森の方から埃《ほこり》っぽい坂道を通りここにこの時間に辿り着いた者以外は、普段どおり何の変哲もなさそうだ、昨日も、一昨日も明日も明後日も、そうであるかのように。だが、それが続かないことは、デンマーク人にも私にもわかっていて、黒人の将校にもわかっていて、兵士や村人にもわかっていた。

まずベルギー人が来た、それから独立し、今はカタンガ族の支配下だ、明日は誰のものになるのだろうか。

兵士らは散らばった、武器を手に。村人たちに向かって叫ぶ、瞬く間に火を起こし、鶏を屠殺し、羽をむしり、内臓を取りのぞき、串刺しにした村人たちに向かって。

炎の煙は渦を巻きながら静かに上昇し、踊る煙の柱となり、風によって乱れることはほとんどなかった。

火の上で鶏をあぶっているのは村の男たちだ。どんなに痩せた鶏であっても、時折、脂のしずくが炎の中に落ち、その炎から激しく燃え上がる舌がジュージューと音を立てて舐める。ローストチキンの香りは、もう屋台が去って市場が終わったマルクト広場中に漂っていた。あちらこちらから聞こえてくるのは、小競り合い、押し合いへし合い、罵りや嘆願、誰かの金切声、壊れる木の音、犬の遠吠え。

鶏をどんどん焼かせろ、とデンマーク人が口うるさく言った。

黒人の将校は、串焼きを担当する男たちにがなり立て、指示や命令を無視して村の奥まで人目のつかない片隅やわきの方を探しに出かけた兵士らに、戻ってくるようにと叫んだ。

デンマーク人は、串焼きを担当する村人の肩をたたき、よこせ、と手を広げてつき出した。

その男は、鶏肉を刺した串を彼に手渡した。

彼らは急がねばならなかった。

デンマーク人は、さっさと食べるよう促す態度を示すと、自らも取って食べた、白い胸肉をひと切れナイフの先に突き刺して。将校も自分のナイフにひと切れ突き刺した。

私は骨付きもも肉を指で摑《つか》んだ。二人の兵士が現れ、彼らも順番に鶏肉をひと切れ摑んだ。

人家の合間のそこかしこで、またもや叫び声や悲鳴が響いていた。

ろくでなしどもは全く腹が空かないというのか？　デンマーク人が英語でぼやいた。

私は将校の方を見やった。

将校は首をすくめ、鶏の骨を砂地に吐きだすと、立ちあがって炎の方へと歩いていった。まだあぶっている最中の鶏肉を、彼にはふたつ目となる鶏肉を、男の手からひったくり、こちらへ戻ると、自分の席の板の上に鶏肉を叩きつけた。

その時、どこか人家の裏手から銃声が聞こえた。

一発の銃声。

それから村中がおぞましいほど静まりかえった。数秒のことだった。

見事な戦略だ、とデンマーク人が食べながらフランス語で言った。

すると突然、あたりは悲嘆の声に包まれ、犬が遠吠えを始めた。

将校が、厳しい口調で銃声が響いた方に叫んだ。

残りの兵士が姿をみせたが、二人欠けていた。将校は拳銃を手にした。

たわけ者めが、とデンマーク人が、鶏のもも肉を引き裂きながらドイツ語で言った。

将校は拳銃を持った手を高くあげ、空に向けて二回発砲した。

今回は静まりかえることはなかった。

私たちのピックアップトラックに投げられた石が大きな音を立てた。

走る足音。カランカランと鳴る音、舞い上がる砂埃。

行くぞ、デンマーク人は鶏のもも肉を地面に投げ捨てると、トラックに乗り込んだ。私は彼の後に続いた。将校が兵士たちに叫ぶ。彼らは武器を手にした。

祭りのような食事だ、とデンマーク人がぼやいた。

私たちはキャビンにもぐりこんだ。

車を出せ、さもないと、ここから逃げられなくなるぞ。

数人の兵士が、トラックの方にすり足で寄ってきた、武器を肩に担ぎ、鶏肉を両手いっぱいに持って。残りの兵士は、人家の間で何が起こったのか見にいこうとしている将校の後に続いた。

私はトラックを発車した。市場の屋台に沿って、濃厚なすす煙が吹き上がった。私は二メートル後退して、それから屋台に沿って方向転換すると、道を探した。

私たちは待った、エンジンは旋回し、兵士が一人また一人と荷台によじ登ってきた。ふたたびキャビンの屋根の上で石が跳ね返った。

もうじきフロントガラスにも当たるぞ。

デンマーク人がうなずいた。

炎はまだ燃え続けていたが、そこにいた男たちも女たちも姿を消していた。

また発砲された、二回、三回。

デンマーク人はハンドルの方に身を寄せてきた。彼はクラクションを鳴らした、せっかちに二回短く押し、そして一回、長く響かせた。

すると、人家の間から将校が兵士を数人ともなって現れた。彼らは誰かを包囲しながら引きずりだし、村の隅から隅まで武器を向けた。

こうなると分かっていたはずだ、とデンマーク人が言った。卑劣なくそ野郎だ。

人家の裏手で、村人たちが興味津々な面持ちで顔をのぞかせ、そこかしこで、楯に棒が当たる音、あるいはナイフや槍の当たる音が、エンジンの轟音をかき消さんばかりに響いていた。

将校は苦虫を噛み潰したような面持ちで、一言も発しなかった。負傷者の背中は出血し、軍服の上着は血まみれになり、血はズボンの中の脚を伝ってゆるやかな小川となり滴り落ちていた。

投石は収まった。

連中は、私たちがなるたけ早くここから立ち去ることを望んでいる、とデンマーク人が言った。

兵士らは、負傷者をトラックに引き上げた。デンマーク人は、救急箱を持ってキャビンから飛び降りた。

エンジンがノッキングを起こしたが、私はエンジンを切らなかった。

デンマーク人は負傷者の上着をずたずたに切り裂く、すると彼の背中があらわになる、肩甲骨の下で口を開けた傷が、粘り気のある血のかたまりが、あぶくのように噴き出す血液も、また。

マチェテで一突きだ、と言うと、傷口に何か粉をふりかけ、胴体の周りに布を何度か巻いて結わえた。男はうめき、うなり、身震いした。男の顔は灰色だった。彼を荷台の隅に引きずっていった。兵士らは興味なさげで、彼から視線を逸らした。デンマーク人が再びキャビンに乗ると、黒人の将校がその後をついてきた。私はトラックを発車させた。慎重に、あまりひどい揺れや振動を起こさないように、だが、このような道でそれを回避することはできない。

肺まで到達している、助かるかどうかわからない、とデンマーク人は言った。

将校は黙りこみ、彼の渋面が溶けることはなかった。

一時間後、私たちは二台のトラックが止まっているキャンプ地に合流した。死者一名、将校は車から降り、黒人の中佐に報告した。

彼の言うとおりだ。荷台の男は息絶えていた。彼はそのことを確認するまでもなかった。

デンマーク人と私は、他の白人数人と一緒に、トラックの荷台からおろしたベンチに腰かけた。

この地域は、すべて管理されている、とイギリス人が言った。何の騒ぎだ。

あの男は誰でもいいから女が欲しかった、だが、あそこでそういうことをするのは早すぎた、どの部族もまだ、どちらにつくか決めたわけではない、とデンマーク人が言った。

そのうえ、彼はルンダ人で、あの村はチョクウェ族のものだった。両者は昔の借りのけりをつけなければならない。マチェテは深くまで達し、何か毒が塗られてあった。

なんだか面倒なことになったぞ、とイギリス人が言った。

そんなことはどうでもいいだろう、と私が返した。

アルジェリアにいたが、そこも同じだった、とフランス人が言った。

後に聞いた話だが、人家の間であとふたり殺されたらしい。おそらく女と、マチェテを背中に突き刺した男ではないのか。

エンジンをかける、ピックアップトラックのブンブンとうなる音は、彼の喉からでた乾いたいびきの音に追いやられた。

数回こらえると、いびきの音はおさまった。

来るならこい、とそれから彼は思った。

お前は、私が生んだ最後の子だ、末っ子だよ。私は何年もの間、コンゴからお前の手紙が届くのを待っていた。あまり書く気はなかったんだね。ペンと紙、これはお前のためにあるものじゃあない、そのことはわかっていた。でも、せめてひと言でも、そう母は言った。

せめてひと言か。

そう、せめてひと言。

だめだ、と彼は言った、ひと言、そうはいかない、それでは絶対に足りなかった。

姉と義兄の農園や気苦労は、私のものではなかった。

私は家にいることが少なかった。キャンプで黒人たちと夜遅くまで、どんなにどんちゃん騒ぎをして飲んだくれても、朝は定時に起床し、姉がレオポルディネに、どうやら黒人の家政婦にそう名づけたようだが、そのレオポルディネに準備させたベーコンエッグをむさぼるように平らげ、文句も言わずに採掘現場へ仕事にいくと、汗ですぐにアルコールは抜ける、だが黒人の飲み仲間の大半は姿を見せなかった。そのことについてとやかく言わないが、来ない者に賃金はない。

黒人たちの心配も、私のものではなかった。夜に彼らと会うと、パンやハンカチや現金を乞い求めてくる、彼らはなんでも欲しがるが、私は何もくれてやらなかった。

指を一本やると、手を一本欲しがるようになる、と姉は言い、それは時々農園にやってくる宣教師も言っていた。

それは白人の誰もが言っていた。知ったことではない。私が彼らに何もやらないのは、白人にも何もやらないからだ。

彼らのキャンプ地の屋根を修繕するのを手伝ったり、どこでくすねてきたのかわからない手押し車を修理するのを手伝ったりした。私はひたすら自分なりの生活をつづけた。農園と住居は、新奇と、害虫と、暑さと湿気のジャングルで最初のランドマークとなった。

たまたま農園のそばを通りかかった、大きな獲物狙いの白人狩猟グループと、その日の午後に落ち合ったのは、私が自分で建てたねぐらでまだ四、五日しか夜を過ごしていない頃だった。私はカピタに姉へのことづけを頼み、湿地帯で汗ばんで痒《かゆ》いが、シャツを腰に巻きつけてボタンをかけ、顔は汚れ、靴は泥だらけのまま、武器を持たず、新しい下着もきれいな服も持たず、着の身着のままで猟師らと一緒に出発した。

一週間後に戻ると、姉は激昂していた。

カピタは姉に何も伝えず、彼女が他の黒人たちを順繰りに問いただしていくと、ふいに彼はそのことを思いだした、おそらく白人同士の問題に関わりたくなかったのだろう。私が他の白人たちと一緒にでかけた、それ以上のことは姉は何も知ることができなかった。私の失踪を知らせる手紙は、すでに父のところへ送られていた。私はすぐに実家に無事だったことをしたためる義務があった。

書くよ、と返事した、しかし私はそれを実行しなかった。

私は日々楽しんでいた。私にとってコンゴは農園よりも価値がある、ということがわかっていた。

たまに早起きして、姉と義兄がまだ部屋にいるすきに、私はもうキッチンにいるレオポルディネのそばに座っていた。

私は身ごもっている、と姉が教えてくれたのは、彼女のお腹がまだそうと気づくほどではなかったからだ。そして、私が思いつきとやらで、これ以上負担をかけないようにしてくれと頼んだ。

座ったままベーコンエッグを待ちながら、レオポルディネを眺めていると、彼女はポットやフライパンを手に大わらわだった。

彼女は、その気品としとやかさにそぐわない可笑《おか》しなブラウスとエプロンを身につけていた。一枚の布きれを頭に結わえている、私はその頭巾をしていない姿を一度も見たことがなかった。私は、頭から頭巾を取るべきだと言った。彼女は怪訝《けげん》そうに私を見やった、彼女の表情から読み取った限りでそう思ったのだが、おそらくその黒い顔がどこかまったく異なって見えるので、私は怪訝そうだと思ったのだろう。

取ってごらん、と私は繰り返し、言った、何もかぶっていない君の頭がどんな風だか見てみたい、君の髪は綺麗だと思うよ。

縮れ毛よ、皆と同じ、と彼女にやり返された、フランス語で流暢《りゅうちょう》にしゃべったことが私を驚ろかせた。

この家の白人に、仕方なく従う必要があり、彼女は頭巾を外した。

彼女の耳が立っているのが何だか可笑しな気がした。

彼女は怒っても赤くなることができなかった。

ありがとう、と私は言った。私は彼女の腕をつかみ、彼女が体を引く前に、その口元に口づけをした。

姉には何も言うな、と私はきつく言い聞かせた、彼女の頭の中はもう他のことでいっぱいなんだから。さあ卵焼きをいただくとしよう。

私はもう彼女に注意を向けることなく、食事をとった。

義兄が朝食の席に現れた時、私はまさに食べ終えたところで、すぐに湿地帯に出かけた。私はレオポルディネに親しげにウインクをすると、今度は彼女の口元に笑みがこぼれた。

ベッドで彼女をモノにするのに、一週間もかからなかった。私は彼女に腕時計をプレゼントし、それは調子が悪くて使うことはできず、とはいえ蓋とバンドは銀メッキで、指針と数字は金メッキなので、日が当たると輝きを放った。レオポルディネにとって、それは装飾品であり、正確な時間などまったく重要ではなかったのだ。彼女はそれを、上腕や足首につけた。私は彼女に自転車をあげると約束し、あげるつもりでいたが、その機会が訪れることはなかった。

私は続く限り、彼女を楽しんだ。

夜、家が静かになり、私が要求すると、彼女は私の寝室にやってきた。私は他の黒人たちがこの件を知っているのかどうかわからなかった、誰もそのことをほのめかさず、キッチンにいる時や家事をしている時、彼女は普段どおりに働き、週末には、といっても二、三週間おきにだが、半日かけて自分の村に帰った。

一度、彼女をトラックで送って行ったことがあり、彼女を見たのはその時が最後となった。彼女を村の少し手前でおろすと、そのままコステルマンビルまで車を走らせた。私は自分用のスクーターを調達したかった。

街に到着した時には、日が暮れかかっていた。

私はそこで暮らす白人や、たむろしている白人に紛れこみ、耳を澄まし、物色しながら、機会をうかがった。夜は無慈悲にも早く暮れていく。

高級住宅街で垣根のそばにあるスクーターが目にはいった。近くにいた黒人に金を払う、彼は何も訊かなかった。

難なくスクーターを持ち上げて垣根を超えると、荷台に放りこんだ。通りは下り坂で、ブレーキを外しただけでトラックを発進させることができた。曲がり角の下手でエンジンをかけ、その付近のはずれでさっきの黒人を降ろすと、声をかけることもなければ、振り返ることもなく、車を走らせた。

ヘッドライトのわずかな光の中に、逃げていく動物だかピグミー族だかの黒い影が見える、農園に着くまで十分なガソリンがタンクにあることを願った。しかし、二回も方向を間違えて、ギリシャ人の製材所近くにある見覚えのある丘まで迂回したのだが、その時エンジンがブルブルと音を立てた。その後すぐ、エンジンは静かになった。

まだ暗かったが、天の川がもう青白くなっていて、私は目を閉じた。

どうやら居眠りをしたようだ、ハイエナの笑い声、オオジャコウネコの叫び声、鳥の群れの音が聞こえて、目を開けると、空に光がさしていた。

道端に沿って少し行ったところに黒人のグループがいるのが見えた。私はキャビンから降り、彼らに手で合図した。

彼らはためらっていたが、そのうち二人が私のほうへとやってきた。彼らは片言《かたこと》のフランス語をしゃべり、村の黒人のようだったので、私は自分が必要としているものや、この近くで白人の住んでいるところを説明してくれるよう、わかりやすく伝えた。

彼らは笑っているだけだった、はじめは彼らが理解していると思ったが、その後疑わしくなった、彼らは間の抜けた表情で私を見ていた。私は二人に、スクーターを荷台から降ろすのを手伝えと言った。キャビンにあった空の灯油缶をスクーターの上にくくりつけ、キャビンを閉めると、黒人のひとりにトラックを見張っているよう命じたが、私の言ったことを理解したのかどうかは、わからなかった。私はさらに道を走り、スクーターのタンクの方にまだガソリンが十分あることを願った。

幸い、半時間ほどで小さな宣教団の本部に辿りついた。

白人の主任神父はもう起きていて、キャベツやレタスや人参が実り、かかしも立ち、フランダースの庭さながらの敷地内の広い庭園で、聖務日課の最中だった。主任神父はヒドー・ヒェゼレ[*1]の分厚い本を朗唱していた。

この詩集を通しても神は語っている、しかも私の母語で、と彼は説明した。

私はうなずいて言った、この詩人は知っている、だが探しているのは神ではない、ガソリンだ。

神父は笑った。

あなたの誠実さを評価します、それは天への階段の第一歩です。物置に樽いっぱいのガソリンがあります、一昨日、注ぎ足したばかりです、と神父が言った。お分かりでしょ、窮地に陥った時、教会が近くにある、神が不寝番をしているのです、ジャングルでもそうです。

ガソリン代を払うことができない。

かまいません、情けは人のためならず、と神父はにやりとした。

私は灯油缶の縁いっぱいまで詰め、ふたをしっかり閉めると、スクーターの後部にくくりつけた。主任神父は、私が埃っぽい道を走って、ジャングルへと戻っていくのを見送った。

照りつける太陽の下、トラックは止まったままだった。また黒人たちが私のほうを窺っているのが見えた、いきなりそこにいたのだ、男ばかり、興奮ぎみにおしゃべりしながら、道端

＊1　十八世紀ベルギーで活躍した詩人。カトリックの司祭でもあった。

に。彼らは、私がスクーターを積むのを手伝った。私は汗くさかった。太陽がそのハンマーを私の首に振り下ろした。空腹だった。黒人たちは食べ物を持っていないようだったが、私は彼らがすぐに何でもどこからか調達できるのを知っていた。彼らに手ぶりで説明したが、理解できないようだった。レオポルディネから教わった単語を使ってみたが、発音を間違えた、しかも男たちは他の言語をしゃべっていた。私はそこで切り上げて、キャビンに乗り込むと、突然、彼らは私のほうに近づいてきた。

今度は私が、彼らのしゃべっていることが理解できなかったが、手ぶりと身ぶりから、車に乗りたがっているのだとわかった。彼らは荷台のスクーターのそばに乗り、二人はキャビンの私のそばに乗った。私は発進させた。彼らは、バナナやキャッサバ芋、それに肉を魔法のように取り出して、食べ始めた。彼らは私が言ったことを理解していたのだろう、私にいくつかをくれたので、くらいついた。

道中、ジャングルについて、女について、神父について、白人について、自転車や車を使わずによく行かねばならない距離について、ふいに現れては消え去るピグミー族について、ベルギーについて、白人の国々について話しをした、少なくとも私がそう思ったのであって、理解しあっているのかどうか、同じ話題でしゃべっているのかどうかわからないが、いずれにせよ、キャビン内は和やかだった。

最後の丘を登っているとき、トラックはほとんど這っている状態にまで速度が落ちた。後部の窓越しに、荷台の連中同士の敵意や喜びをちらりと一瞥する、何人かは立ったまま、他の者は寝そべっていて、また別の者は端から半分身を乗り出して、興奮気味に手を振っていた。丘を越えて下り坂を走行中、彼らは止まってほしいと頼んだ。このあたりは村も人家もなく、農園までもう少しのところまで来ていたが、ここが男たちの目的地のようだった。

彼らは車から降りた、そのとき数人の女性も荷台から飛び降りるのが見えた。

彼女らはどこから来たのだろうか。坂道をゆっくり登っていた時しか車に上がれなかっただろう。しかし、彼女らはすでに長い時間、乗っていたようで、荷台に敷いていたマットレスをゆっくりとたたみ、鶏の入った籠をおろし、私がいくら質問しても、彼女らの答えをはっきりわかるほど理解できなかった、何ら説明を必要としない嘲笑以外は。

私が農園に到着した時、義兄は激昂していた。彼にはトラックが必要だったが、私は誰にも知らせていなかった、私は大半の黒人のようにもう信用ならない存在だった。

私はごく手短に返事をした。自分の身の回りのものをかき集めると、農園に来てから全く使っていなかったスーツケースに詰めこみ、スクーターにくくりつけ、姉に向かって、もう私のことを心配しなくていい、ちゃんと様子は知らせるから、無事に出産できることを祈っている、と言い残して出発した。

レオポルディネに何のあいさつもしなかったことを思い出した時には、農園を出てからすでに丘をふたつ超えていた、彼女のことはまったく気に留めていなかった。私は何か新しいことを求めていて、彼女は、農園やその他の私が後にしたもののひとつにすぎなかった。

私は残してあったわずかな現金とパン、それにレオポルディネのいないキッチンからくすねたロースト肉を携え、運を天にまかせ、鉱山地区カタンガ州にあるエリザベートヴィルへとスクーターでジャングルを抜けていった。

かなり早い時点で私は暗礁に乗り上げた、つまり、よその農園に。

スクーターの燃料がつきた、パンも肉もだ、私は憔悴しきっていた。

そこの責任者大将《カピタ》が、彼の上司であるポーランド人のところへ私を連れていってくれた。

エリザベートヴィルへ行くためにお金が必要なこと、妥当な金額がもらえるならどんな仕事もいとわないことを告げた。彼は私の真価を見極めようとしたが、どうも無理なようだった。

どうやって実体を突き止めることができるか様子を見るために、彼は私を雇った。

私は現場監督になった、白人のカピタだ、それに資材の管理もさせられた、乗用車、トラック、ポンプを扱うのだ。開拓地域のはずれに宿泊所を得た、その沿道は小さな集落、十三世帯からなる小さな里まで続いていた。

夜になると、その集落まで歩いていったものだ。労働者の何人かがそこで暮らしていた。彼らは手厚くもてなしてくれて、好奇心が旺盛だった。

植民地内の他の地域にまつわる話をきかせてくれた、カサイ、レオポルドヴィル、ゴマ、アルベールヴィル、スタンリーヴィル、キヴ州、カミナのことを。農園にも、二百人ほどの労働者がキャンプ地に滞在していた。私は彼らの言語をすぐに習得した、大半がスワヒリ語を話していたが、ほぼどの部族も独自の言語をもっていた、白人が口にすることのない言語を。

三週間後、まだ十三歳か十四歳になったばかりと思しき少女を、夜のお世話もしてくれるお手伝いとして手に入れた、その子は労働者のひとりの姪御で、丘を越えたところにある村の出身で、ある夜、私の部屋のドアにもたれて座っていたので、部屋に通し、あとはいつも通りことが運んだのだ。

私が仕事をしている間、彼女はキャンプ周辺や十三世帯からなる小さな里で過ごし、おそらくそこでも男どもと寝ていたのだろう。

彼女は私のために料理を作り、農園主の家の裏手に野菜を栽培した。

彼女に現金やらプレゼントやらを渡したが、おそらくその一部を伯父にあげていたのだろう、それが実の伯父ならばの話だが、そして二週おきに数日間、彼女は自分の村へ帰るのだが、それは一日がかりなので、ならばと一カ月後、仕事場で見つけて私が修理した中古の自転車をあげた、そこはやはり機械設備の手入れの担当だったから。彼女に土産として塩を少々持たせ、石鹸や肉の缶詰といった、私にはなくても困らない物の一部も、農園主の家の貯蔵庫からくすねたものも持たせた。

　私は早く自分のことを堅実で熱心な労働者だと認めさせたかった。ポーランド人は、いつまでたっても私を正しく評価するすべを知らなかった、私はいい加減なときもあれば、几帳面なときもあり、無頓着なときもあれば、実直なときもあり、前者なのか後者なのか、まったく見抜けないのだ。かなり遅れて出勤し、彼を不機嫌にさせてしまうこともあれば、時間通りに着いて丁寧に作業をこなすこともあった、それに、機械を完全に修理した後に、その機械を運命や、扱う黒人たちの手にゆだね、そのせいで機械は数回のうちに動かなくなるか、故障するというようなこともあった。

　私はそれがわかっていたので、運を天にまかせていた。黒人たちにとって私は、夜は友達であり、日中は無慈悲な現場監督であった。鞭《むち》は使わない、それは程度の低いやり方だと思っていて、むしろキャンプ地で素手のこぶしで彼らに挑み、彼らの賃金をカットして自分の懐にしまいこみ、連中がやらない仕事や、中途半端に残した仕事を、必要に応じて私自身が穴埋めをした。

　ポーランド人は私に満足していたと思う。

　毎週、私は給金の一部を彼の嫁に預けていたので、かなりの額を貯金できているのがわかっていた。

当然ながら、私はポーランド人のところを去った、彼が私の本性を見抜く前にだ、それでいいのだ。彼の嫁のところにある貯金箱を取りにいった。その朝、あの娃御と情交を結び、彼女には鏡ひとつ残し、スクーターを発進させ、姿をくらました。

もう一度だけ、ある農園主のところで働いた、その男は北海沿いの街オステンドの生まれで、いつも海、水平線、広い空、魚、潮風について語っていたものだ。彼のところでも機械設備の管理を任され、その後は農園の管理をし、家庭菜園を見張り、そして週二回トラックで川沿いにある工場に紅茶を運搬した。その道すがら、飛行場のそばをたびたび通った。

ある日曜日、スクーターでその飛行場へと向かった。航空機が上昇する様子や、高原の上空を旋回する様子を見学した。白人たちがスポーツ飛行に来ていて、そのほかに週に数回だけ、飛行機は郵便物や小さな貨物を積んで目的地まで飛んだ。

パイロットと知り合いになり、二人用に相乗りさせてもらえるまで、そう長くはかからなかった。私たちは高原を後にして、川の方向に針路を取った、上空から紅茶工場が見え、点在するトタン屋根の倉庫、荷卸し作業中のトラック数台、肩に束や袋を担いで往来する男たちを見ながら川の流れに沿って進むと、青緑色の水、漁師のプラウ船、[*1]小さな貨物船、道路や、人が行き交う歩道、緑の合間に建つ人家、走り去るレイヨウ、家畜、私たちの下をかすめ飛ぶ鳥の群れを目にした、着陸するまで。

飛行は二十分とかからなかった。

その次の日曜日も、同乗した。

素晴らしかった。

パイロットのひとりが、私に操縦を教えたかったのだ。

私は、飛行に来ていた白人のひとりから中古のジープを買った。土曜日の晩、仕事の後すぐに出発し、飛行場にある格納庫の簡易ベッドで眠った。月曜日の朝には、ふたたびオステンドっ子の農園にいた。

ある日の午後、暑く、晴れ渡った天気、青い空、鳥たちは疲れ果てて飛ばず、陽光がパチパチと音を立てるのが聞こえる午後に、私は二人乗り飛行機の操縦桿《かん》を握っていた。すべてが完

*1　帆をかけたカヌー。

壁に進行し、エンジンを温め、埃っぽい滑走路をタキシングする、その滑走路は黒人らと私が多少地均《なら》しをして、問題になるような穴は埋めてあったから、速度は十分に出て、高度を上げるのに十分間に合った、垂直尾翼のラダーを引き、木々の上をかすめると、速度を落として、フラップを出す、やるべきことをすべてやった。私が働く農園の方向に針路を取る、そこでは普段どおり作業が行われているのが見え、それから川の方へと飛ぶ、すべて適度な高度で、その後、飛行場へと再び方向転換して着陸した、問題なく。私はもうパイロットだ。

オステンドっ子は、風を切って進むのは素晴らしいと言っても理解しなかった。彼は航海のほうが好きだ、北海に勝るものはないのだ。ホームシックにかかり、時折彼はタンガニーカ湖に出かけ、足裏に波のうねりや、浜から吹くそよ風を感じずにはいられなかった。

私は何度か彼につきあった。そのとき彼の奥方は農園に置いてきぼりだった。ほぼ一日がかりで私たちは車を走らせた。その日の晩、私たちは黒人の船員らと一緒に海にでた。

海岸、遠い丘、水面にきらめく落日の太陽、漁から戻る漁師たち、森からの叫び声、村のそこかしこで長くたなびく煙。私たちは海岸からさほど離れていないところにあるロッジに宿泊した。朝、ボーイたちが用意した朝食をとると、私たちはまた海にでた。

私は船長を注意深く見ていた、彼の動きを、舵とスクリューの操作方法を。これは飛行とは異なり、ゆっくりと進行する、かなりゆっくりと、それでも水面を間近に見ると、やはり早く進んでいた、海岸線はどこまでも続くだけで、入江、砂浜、小さなブイの数々、岩壁、せり出した草木、家並み、陸に引き上げられたプラウ船を目にした、海上は漁師であふれていた。私たちは甲板で食事をとった、ボーイたちが魚料理を用意してあり、ビールとパンもあった。海上の揺れが安らぎへと、まどろみや瞑想へと誘い、雲ひとつない深淵な空には、ゆったりと海を越えて飛んでいく鳥の群れ、その飛翔が織りなす気まぐれな形体は、そのつど、逃げる何かを追うかのようだが、時には一列になって彼方へと旅立っていく。

ある日曜日の晩、私たちが船旅を終えて農園に到着すると、農園主の奥方が取り乱していた。

従業員らが命令に従わないのだ。ボーイではなく、農園の労働者たちで、カピタまでもが、仕事を言いつけどおりに実行したがらず、自分たちのほうがもっとよくわかっているのだと言い、納屋のそばで討議したり話し合いをしたり、奥方は人使いが荒いのだのと、完璧なフランス語で言った、そんなことはこれまで一度もなく、それからはスワヒリ語ではなく、彼らの訳のわからない言語のひとつでしゃべりだし、彼らが何を言っているのかまったく理解できなかった奥方は、あなたは彼らの責任を追及するべきよ、と夫に叫んだ、さもなければ全員クビよ！

おそらく彼らは酔って、感情的になっていたんだ、オステンドっ子はそう言って、翌朝、彼らに尋問するつもりだという。彼は鞭の用意をさせた。

その様子を見物する気はなかった。

私は床に入らず、身の回りのものをジープに乗せ、地面と荷台に板を渡してスクーターも積み、飛行場へと出発した。そこの格納庫で一夜を明かした、警備員とは顔見知りだったので。

翌日、その周辺を広く隈なく探してみた、西側に、森のすぐそばに製材所があるのを俯瞰していた、それは川から近くもないが、村からそう遠くもないところだ。午後の早い時間に、私はその会社を見つけた。

私を雇うよう経営者を納得させるのは、そう難しいことではなかった。

すぐに働けることになり、製材所に隣接するキャンプ地にねぐらをもらった。毎週日曜日は飛行場で過ごした。

製材機のモーターが唸りをあげ、けたたましい音をたてた。私は機械設備に関することを手伝うほか、事務員が貨物書類の作成をしたりチェックをしたり、配達の納品書を管理したりするのを手伝った。二週間後には、人事管理や黒人の賃金支払を手伝うようになっていた。製材所の経営者はイギリス人で、あらゆることを規則正しく行うことを望んだ。彼には、そうしているように思いこませた。あの手この手で、私に信頼の念が生じるよう仕向けた。黒人たちにも、白人たちにも、私が損得ずくで行動しているようには見えなかった。

黒人らの間で、不穏な空気が漂っていた。

ディペンダ、連中は酔うとこう叫びまくる、かすれた声で。

独立。

ある日の正午、仲裁するには来るのが遅すぎた、もっともそのチャンスに恵まれたとしても、実際にそうしていたかどうか、もうわからない。二人の黒人が電動のこぎりのそばで喧嘩《けんか》をしていた。他の連中は二人を取り巻き、大声や叫び声が聞こえたので、近づいてみたが、まず誰を取り押さえればいいのかためらったほんの一瞬のうちに、その二人の小柄な方が、とはいえ一番体格がいいのだが、いきなり、もうひとりの腕を回転するのこぎりの下に強く引っ張った。次の瞬間、体格のいい方のこめかみに私のこぶしが当たり、彼は転倒し、もうひとりは牛のように叫んだ。床のおがくずの中に、四本の指がついた血まみれの手が落ちていた。親指はなく、中指が奇妙にもまっすぐ立っていた。

私は電動のこぎりまで飛んでいき、機械を停止させると、ばかやろう、機械をすべて止めろ、私のそばから離れろ、と叫んだ。

黒人たちの間にはいくつかのグループがある、と私は嗅ぎつけた、そういう気配が漂っていたし、汗と汚物の臭いもした。手を切断した者の味方もいれば、体格のいい者の味方もいれば、どちらにも与《くみ》しない者もいた。私は切断された手を拾い上げ、やっとの思いで立ち上がった体格のいい方の顔に投げつけると、彼の額に血が滴《したた》りおちた。

イギリス人が見にきたので、私は見たままを話した。すると彼は皆に家へ帰るよう追いたて、今日の仕事はここまで、誰にも賃金はない、と言った。手をなくした方は、止血用のぼろ布を投げつけられた。

この日の残りは穏やかで、モーターのうなる音も、けたたましい音もなかった。心地よいおがくずの香りと新鮮な木の削りくず、そして思いがけない休暇。

私はぶらぶらと歩きまわり、たばこに火を点《つ》けた、製材所の扉の横には、埃まみれの手が落ちていて、誰かがそこに放り出したまま、蠅がたかっている、私が蹴ると、ブンブンとうるさい音を立てた。私は倉庫から鍬《くわ》を持ってきて、切断された手の小指にひっかけて拾いあげると、森のはずれまで運び、地面に埋めた。

倉庫に戻ると、労働者のひとりが私に近づいてきた。

その男はこう告げた、あなたは間違った方を選んだ、のこぎり男を絶対に殴ってはいけない、彼は白人の味方なのだ、手をなくした方が白人を嫌っている。

作動中の電動のこぎりの下に人を押しこんではいけない、と私は手短にいった。

腕だけだ、と彼は答えた。

私は首をすくめた。

これ以上、関わりたくない。一緒に来ないか。狩りに行きたいんだ。

男はうなずき、私は彼をジープに乗せた。後部に猟銃が置いてあった、頑丈な口径のが。私は森の中へと車を走らせた。

道がわかるか？　彼はうなずいた。

いい猟場も？　またうなずいた。

半時間後、緑地は乏しくなり、さらに少し走ると、小さなため池があった。車を止めた。ため池のそばの木立の中で、猿の群が戯れていた。

私たちはジープから降り、私は猟銃を装着した。黒人の男は、沼地の縁に沿って歩いていった。私は照準器を付けずに狙った、片目を眇《すが》めて。この黒人を打ち殺すこともできるだろう、誰も私を問い詰めたりはしないだろう、狩猟事故、そうはぐらかすだろう。もちろん、私はそんなことを真剣に考えていたわけではなく、猿の群れの中から、恰好の獲物になりそうな一匹を探していた。

突然、黒人男が声をあげたので、そちらを見ると、彼は沼地のほとりを指差していた。一頭のレイヨウが水から飛び出て、森の中へ逃げようとしている。

私はこの獲物に狙いを定め、発砲したが、射止めることはできなかった。

レイヨウは逃がしてやり、すぐさま猿の群れに再び照準を合わせると、猿は枝を伝い散り散りになって逃げた。目に留まった最初の獲物に当てずっぽうで狙いを定めると、躊躇《ちゅうちょ》せずに撃った。

猿は木から吹き飛び、残りの猿たちは逃げた。

黒人男は、猟犬のごとく、猿を拾いに行くと、ジープに引き上げた。私は、まだほかに撃ち落とせる獲物がいないか見渡したが、何も見つからなかった。

黒人男が横に来て座った、彼も沼地や森を探してきたのだった。

三十分後、またレイヨウが姿を現した。

今度は、仕損じたくなかった。私は猟銃を肩に乗せると、慎重に狙いを定め、おびえる獲物の動きを、銃でぴたりと追った、ようやく水を飲みにきた、しかも今は、ぬかるみに膝まで浸かっている。

命中しそうな気がして、二発連射する、何も考えず、すばやく、すると獲物は違う方向へ飛びのき、そこでは低く垂れ下がった数本の枝が視界を遮る。

私は黒人男に声をひそめて伝えた、息を殺せ。それからすぐ、獲物の足の手前めがけて銃弾を撃ち込むと、水がほとばしり、沼地に銃声が響き、レイヨウは躯体を傾けて飛び跳ねるように池から森の中へと逃げ去った。獲物が銃身の前方をさっと横切ったので、私はすぐさま二発目を放った、銃弾が獲物の首の付け根の横側の後ろ、心臓付近に到達できる斜《はす》の角度から。レイヨウは前方にかがみ、地面に倒れた、私の狙いどおりだった、それでもまだ獲物は這って進み、後ろ脚がもがいていた。私は立ち上がり、すぐに銃を構えなおすと、今度は獲物をしっかり見据えることができ、必死に進もうとするその頭を目掛けて引き金を引くと、耳の後ろに命中した。もっとも、そうしなくても息の音が止まるまで、長くて十秒もかからなかっただろうが。

黒人男は、木からまっすぐな枝をたたき切った。数本の蔓《つる》で、彼は獲物の足をまとめて結わえた。私たちは獲物の足と足との間に枝を渡し、それを持ち上げ、支柱を互いの肩に乗せ、差し担いでジープまで運んだ。

こいつを料理して食わせてくれるところを知っているか？　彼はうなずいた。よし、いくぞ。

私は見知らぬ村へと車を走らせた、その村はバナナ農園の裏側に隠れていた。黒人男は、人家が立ち並ぶ前の広場に車を止めるようにと言った。彼がジープから降りると、すぐさま男女の群れが姿を見せた。二人の村人がレイヨウを摑《つか》み、欄干《らんかん》にぶら下げると、ナイフを取ってきて、その皮をはぎだした。

すぐに食べられるから、ここでゆっくり待つといい、ビールもあるし、音楽もある、と私の同僚が言った。

さらに大勢の男女が姿を現した。肉のうわさは、すぐに口伝《くちづ》てに広がった。誰かが板に猿をのせ、皮をはぎだした。女たちが火を起こした。

私たちは眺めてばかりいなかった、同僚が私を人家が立ち並ぶところへ連れていったのだ。次から次へと人が現れる、女も、子供も、男も。私たちが一軒の家のそばに腰をおろすと、ビールが運ばれてきた。私はたばこに火を点け、何本か分けてやった。皆でおしゃべりをしたり、冗談を言い合ったりした、私はオンナが欲しかったが、そのままビールや冗談に甘んじていた。

肉の焼ける香りが漂う頃には、私たちはほろ酔いぎみだった。日が暮れかかっていた。何人かの女性は、瞳だけがまだ輝いているのが見えた。その中のひとりが私の手をとり、引っ張りおこし、私たちはまた広場へと連れていかれた。私は木の切り株に腰かけた。

槍と楯を持ち、ヒョウの毛皮と仮面で身を飾り、腕や胸元、そして顔にペインティングを施した男たちが、輪になって飛び跳ねながら行ったり来たりしていた。円座の内側で、炎が激しく燃え上がっていた。

首すじに女の息づかいを感じた。鉢がそっと手渡され、その中には薄いソースに浸たされた肉の塊と野菜が入っていた。

これは猿、それともレイヨウ？

皆が笑った。猿だ、もちろん。

だが、それはレイヨウだった。私は食事を取り、ダンサーたちを眺め、ビールを飲み、またたばこに火を点けた。ダンサーのひとりは手が白く、その男は炎の上で手を振り、もう片方の手は、ヒョウの尻尾を吊るした槍を握っていた。彼は仮面をつけず、顔面に陰鬱なペインティングを施していた。

私をここへ連れてきた男は、もうどこにも見当たらなかった。私ひとりでは、ここから帰ることもできない、夜はもうとっぷりと暮れていた。オレンジ色の炎の熱気が、そこらじゅうで、ダンサーたちの顔の白目や仮面の模様の褪せた色あいに輝きをもたらしている。彼らはますます熱中し、短くなったたばこを繋ぎ合わせて吸っている者もいれば、木製のカップで酒を飲み、飲み終えると荒々しく投げ捨てる者もいた。ダンサー数名が、足の間に挟んだトムトム太鼓を連打する、その足首には鈴がぶら下げてあった。私の首もとに絶えず女の吐息がかかっていた。

白い手をした男は、私に向けて槍を持つ手をすさまじく振った、私はひるむことはなかったが、おそらく彼は、私の度胸を試したかったのだろう。おそらく私は酔っていただけで、用心深く対応しなかったのだろうが、むしろ首にかかる吐息のほうに気を取られていたのかもしれない。このような状況では、風が天国から吹いているのか、はたまた地獄からなのか、見極めるのは至難のわざだ。炎は、私たちの円座に沿って波のようにうねりながら、その熱気を投げつけてくる。

私は猟師のような格好をさせられ、猿の歯を連ねて紐に通したものを首に掛けられた。その間もダンスは続いていたが、もうあちらこちらで、ダンサーが疲れて地面に倒れていた。円座には、女や子供、それに年寄りの姿が目立った。ダンサーたちは兵士か猟師か呪術師なのだろう。十五人ほどいただろうか。

ジャングルからはチベットネコや鳥の鳴き声、ハイエナの神経質な笑い声が響いていた。時折、すぐそばでは鼻を鳴らして臭いを嗅ぐ音や、炎がパチパチと燃える音、肉がジュージューと焼ける音が聞こえ、焼く匂い、ハーブの焦げた香り、息を切らす音、それらが雲のように私の頭の周りに立ち込めていた。

私は慎重に酒を飲むようにした。

白い手をした男は、突然私に飛びかかってきた、彼の表情は不気味な笑みをたたえていた、鼻から頬にかけて描いた彩ゆたかなストライプ模様とまだら模様がカーニバルの扮装のようで、私は猿のように愛想笑いしかできなかった。男は雄叫びを上げた。

ふと、彼が誰なのかがわかった。

腕の白い手は包帯で、そこから親指だけがつきでていた。

彼は、持っていた槍を私の足元の地面に突き刺し、走り去った。

私は飛びあがりそうになったものの、胃がよじれていたのか、酔いがまわって頭がくらんでいたのかして、誰かの腕が肩に乗り、タムタム太鼓が連打され、ジャングルからの鳴き声が大きくなり、その騒音にまぎれて兄と泳ぎに行った運河からボートの汽笛が聞こえた。兄と私は、ボートの下にもぐって泳いでいた、それは禁止されていて、近所の男の子がボートの船体に貼りついた藻に邪魔をされ、すぐにそこから離れられないまま、スクリューに巻き込まれたことがあった、太ももに恐ろしく深い切り傷を負い、肉片が剥がれ、私たちが彼を岸に引き上げると、出血がおびただしくて、その子は二度とまともに歩けない体になってしまった。

白い手の男は、煙ばかりが高く燃え上がる炎の向こうに姿を消し、誰かが再び枝をくべた、私は熱気で汗が噴き出し、顔は火照《ほて》り、肩に乗っていた手は胸元へおりてきて、猿の歯の裏側に引っかかったが、紐が外れることはなく、私は炎の先端をみつめていた、これは歓迎の印だった。

翌朝、頭がうずいて目を覚ますと、小屋の毛皮の上にいた。そばにひさごがあり、中に水が入っていた。顔や胸に水を浴びせかけた。猿の歯をつないだものは、まだぶら下がっていた。今、猿の歯は、昔の寝室にあるたんすの中に、他の土産物のそばに、たばこケースに入れて置いてある。

私はもう長年、それを気に留めるでもなく、シモネとそれについて話したことは一度もなく、エルナだけがそれを目にしていたく驚き、一瞬、人間の歯と思ったようだが、落ち着け、私が射止めた猿の歯だ、と彼女に言い、それ以上の言葉は何もなかった。

ふと、聞こえた、いや聞こえた気がした、ドアをノックする音が。今日、彼女は来ると言っていただろうか。彼が忘れていたのか、それとも勘違いなのか。

二度目のノックまで、彼は待った。そしてドアまで歩いていく、すり足で歩いたりは絶対にせずに、精力的なところを見せつけようと思っていた。

お入り、と彼は力強い声で言うつもりだ。まだ自分の思い通りになる、と彼は思った。

たまたま近くにきたから、と社会福祉課の若い娘が言い、そして親しげな微笑みを見せる。

それは、彼女が訪問時に最初にすることだ。

彼女は右肩にショルダーバッグを掛け、その重みでブラウスが少し片側にずれ、胸元の一部があらわになっている。

紫色のブラジャーを付けている。

エルナが付けていてもおかしくない色だった。

そのことに彼が興奮することはない、だが眺めるのは楽しい。若い肉体をひと切れ。それが彼に許される限り。

ボタンがひとつ、外れていますよ。

あなたのために特別に、と彼女は答える、私が風邪をひくのが心配？

そうではなく、私の両目が風邪をひくかもしれない、両目を大きく見開きすぎているから。

そう言って彼は笑う。

だが、待った甲斐もなく、二度目のノックはなかった。

彼はソファーから腰をあげ、すり足で窓まで進む、一歩また一歩、左足がまだしびれているからだ。

通りの向かい側を、ご婦人がリードにつないだ犬、マルチーズと歩いている。彼はその女性を知っている、通りの向こう側に住んでいて、もう十四年も未亡人だ。

一度、その未亡人のお宅にお邪魔したことがある、一緒にコーヒーをのみ、彼女もたばこを一本吸い、彼女にその気があると彼は思いこんだ、独身の男と独身の女が、近所に住み、たった九軒の家を挟んで建ち、彼女はまだ毎日、こぎれいな身なりをして、香水をふり、彼がその香りを嗅ぐと、マルチーズの匂いもした。彼女には三人の子供がいて、娘のひとりが定期的に家にたち寄るのは、母親がまた男性とつきあうことを快く思わないからだろう、それが恋愛感情の欠片《かけら》もない関係であったとしてもだ、なにしろ亡夫への愛情はかけがえのないものなのだ、そう信じたかった、しかも自分のような類の人物だ、ということも彼にはわかっていたのだ、要するに。ベッドでの寂しい思いは彼女にとって克服できないことではなかった。

彼はその先の目的を果たそうとはしなかった。あれ以来、ふたりは道で会うと、うやうやしく会釈を交わし、それ以上のことはなかった。今は口惜しい思いもなく、彼女を眺めている。その後はもう通りに何も見えなくなったので、ふたたび室内に踵を返すと、ソファー、テーブル、棚、ポールハンガー、そこにあるのは、どうでもいいような、よくないようなものばかり。


彼は上階に行き、紐に連ねて通した猿の歯が、いくつあるのか数えることもできるだろう。彼は何度となく歯を数えたが、その数を覚えていたためしがなく、十三だか十七だかとにかく奇数で、象の毛でできた綛《かせ》に通してあり、引きちぎることができないほど丈夫だ。

エリザベートヴィルで、混血児が彼の首元にとびかかって紐をひっぱったことがあった、猿の歯が手に食いこんだのでそいつは手を離したのだが、勢いよくひっぱられたにもかかわらず、壊れなかった。混血児は血走った目で彼をみやり、おまえと同類だ、同類だ、と言うその口調は、叫びでもなく、しゃべっているともいえなくて、ただどもっているだけだった。

何が欲しい？　そう尋ねた私の声はぶっきらぼうに響き、怒鳴っているのに近かったが、そういうつもりはなく、彼の不意打ちとその眼差しに驚いただけだった。

同類だ、男は繰り返し、私の腹を指差し、おそらく、それより下を指す勇気がなかったのだとふと気づいた、彼が私に言いたかったことや、顔に向かって投げつけたかったこと、彼自身が生まれた性器のことを。私は首をすくめた、どの人種に属したいかはその男が自分で選ばなければならなかった。

私は紐をまっすぐに直して歯を撫で、この男から去った。二度と彼に会うことはなかった。

私は人家から這い出た。村は人が出払っているかのようで、数人の子供が埃《ほこり》にまみれて遊んでいるだけで、森のあたりから規則的に木々が当たって鳴る音が聞こえた、極彩色の鳥が木のてっぺんの枝にとまっていて、時折、翼の下にくちばしを入れてせっせと毛づくろいをしている。猿とレイヨウの皮が、乾燥させるためにつるしてあった。皮は綺麗にそぎ落とされていた。レイヨウにはまだ角が付いていて、猿には歯がない状態で顔が少し残っていた。広場にジープが停車しているのが見え、子供らがそれを上り下りして遊んでいる、ズボンのポケットをさぐると、キーがあった。シャツが肩の上まではだけていたので、ジープまで走りながら、前ボタンを留めた。バナナの葉で設《しつら》えた日よけに、数人の中年男性が座っていて、短刀で木のブロックから動物の像をこしらえていた。

私は製材所に戻りたくなった、手首の腕時計は止まっていたが、潮時に違いなかった。よく見ると、村は出払っていたわけではなく、村人たちは太陽から逃れていたにすぎなかった。誰も私に話しかけず、誰もが各々の作業に没頭しているだけだった。ジープを念入りに調べると、猟銃は私が隠しておいた場所にそのまま隠れていた。誰も触れていないようだ。私は運転席に乗りこみ、しばし座ったままぼんやりしていると、子供らが無言のまま輪になって立ち、私のほうを見つめていた。私はエンジンをかけ、出発しようかどうか考えた。同乗者の姿は、どこにもなかった。

クラクションを鳴らした、短く、大きな音で、子供らはおののき、数歩後ずさりした。あちらこちらの住居から顔がでて、村人らがジープを見に人家の裏手から姿を現したが、誰も私に近寄ってはこなかった。

村長はどこだ、と子供らに尋ねた。彼らは理解しなかった。

手振り身振りで尋ねる、村長は？　誰も私を助けることができなかった、あるいは助けるつもりがなかった。私はエンジンをかけ、広場で方向転換し、バナナの森を抜ける道へとゆっくりと走らせた。バナナの木の間で、女たちが働いていた。彼女らは、視線を上げて、私のほうをじっと見ていたが、誰ひとり挨拶もしなければ、私に止まるようにと合図も出さなかった。

製材所では、すべてがまたいつもどおりの流れで過ぎていくように思えた。私が到着したときには、もうお昼近くになっていた。例の事件の痕跡は何も残っていなかった。イギリス人がぞんざいに私を出迎え、君はなにをすべきか分かっているな、と言ったので、私は仕事に取りかかった。労働者らが私と距離を置くのは、首に下げた猿の歯のせいだということがわかった。

姉から便りが届き、それによると彼女は女の子を出産した、健康で無事に、それとレオポルディネは妊娠したので村へ戻され、今はレオポルディネの一番下の妹が家政婦として働いているという。私は手短に近況を書いて送った、すべて順調だ、そのうちまた立ち寄るかもしれないと、だが実際のところ、ジャングルには辟易していた。

一週間後、私はエリザベートヴィルに車で乗りつけた。

久しぶりに数百人もの白人に出会った、エリザベートヴィルには一万四千人が暮らしていた。

広い並木道、その中央は極彩色の赤と黄の花々で埋め尽くされていて、前庭つきのヴィラ、木々、灌木、垣根、四、五階建てのマンションの一画、ホテル群、広場のそこかしこに立つ王妃か開拓者の銅像、カフェ、伝道者養成所、スポーツスタジアム、裁判所、カテドラル、そのすべてが、私を動揺させる光景となる、かれこれ何カ月もの間、都会から離れていたのだから。

ポケットには、数週間ペンションに滞在できるだけのお金が入っていた。

通りを二本進むと、朝も夜も騒がしい、エリザベートヴィルには、白人以外に二十万人近くの黒人が暮らしていたので、街は熱気と喧騒で活気づいていた。

すぐそばには混血児たちも働く売春宿があった。そこの経営者から、街のまったく反対側に位置する新しい地区にある自動車整備工場の所有者の住所を教えてもらった。その所有者は、すぐに私を雇ってくれた。私はジープを売り払い、スクーターだけ手元に残すと、アパートを借りた、閑静で広い通り、木陰とベンチ、それに一定の間隔を置いて街灯が立ち並ぶ白人地区の中心に。

昼間は、あらゆるメーカーの車をいじった、たいていはピックアップトラックか軽トラックで、夜には、酒と歓楽のある黒人地区にたかりに行った。

何カ月もの間、私はジャングルに足を運ばなかった。一度だけ、整備工場にあるピックアップトラックの一台を運転して、ユニオン・ミニエール社が所有する鉱山まで行ったことがある。黒人らは、カサイ川、ルアンダ=ウルンディ、キヴ州、イトゥリ州、ローデシア地方からも働きに来ていた。黒人らは部族の習慣を捨て、ジャングルのことを忘れ、男はカブト虫のように地面の割れ目で暮らした、蒸気と埃にまみれて。彼らの白い歯だけが輝き、白目は艶《つや》がなく血走っていた。女と子供は、通りや、ぺちゃくちゃおしゃべりができる広場の細い木々の下でたむろしていた。誰も私の首にかかる猿の歯に驚くことはなかった、気どっているように見えたのだろう。

エンジニア、金貸し業者、セールスマン、経営者など鉱山でしこたま儲けた者が、郊外のヴィラ地域の大半に暮らし、ジャングルを庭に設え、広々とした空間で、大空がのぞめ、プールや運動場までもあった。

自動車整備工場の顧客のひとりが、そこに住んでいた、ブリュッセル出身で、スピードを出して運転するのが好きな男だった。彼は整備士を探していた、自分と同じようにスピード狂で、正確で、おじけづかない整備士を。

私は飛行機のスピードにも対応できる、と言った。

わかった、と彼はうなずいた、偉ぶった態度だった。彼は自前のポンティアックで、街から半時間かかる森にあるサーキットコースに私を連れていった。

カタンガ州の上には、何ものにも公平な空が広がり、鉱石採掘場から煙がたなびき、鳥や虫が宙を舞い、子供たちの叫ぶ声、動物たちの鳴き声、エリザベートヴィルの往来の音、ポンティアックのエンジンがうなる音、すべてが分け隔てなく天の加護にあった。太陽は容赦なく燃え盛った。

ポンティアックには、あちらこちらに傷やへこみがあり、そこかしこに塗装しなおした箇所があり、バックライトのひとつが壊れていた。サーキットコースにはむらがあり、急カーブの坂道では、車体が横転しそうになり、ブリュッセル男はかなり大きく逆ハンドルを切らねばならなかった。彼はスピードを出して走り、一周するのに五分とかからなかった。燃えた油、表面が焼けたゴム、ガソリンの蒸気、そして車に押しつぶされたスグリの臭いがした。

四周すると、彼は止まった。私はオイルレベルゲージを確認したり、タイヤの空気圧を調整したり、エンジンの点火プラグをもう一度整えたり、ギアボックスを点検したり、車のスピードと操作を向上させるために改善できそうると彼が考えていることをすべて、やらねばならなかった。十分後、私は汚れと油にまみれていた、首から背中へと汗が伝い流れた。

君もコースを走ってみないか、コースをひと走り、そうすれば、私は何を改善すればいいのか離れたところから見ることができるから、彼はそう言うと、オーバーオールからストップウォッチを取り出し、自分のレース用ヘルメットとサングラスを私に差し出した。

スピードを上げると、ポンティアックは敏速に進み、うなりを上げるのが聞こえ、最初のカーブを勢いよく曲がると、木にぶつかりそうになったので、ふたつ目のカーブは慎重にハンドルを切った。ブリュッセル男がストップウォッチを持つ手を震わせながら振り、私にもっとスピードを出せと叫んだ。私は再びスピードを上げ、線が引かれたコースに沿ってポンティアックを走らせ、ハンドルをさばき、変速レバーを操作して、車をジャンプさせ、彼の足元の手前で停車させた。

男は首を振った。遅すぎる、のろすぎる、こんなやり方だと、何もアイデアが浮かばない、もっと早く、激しくできないのか、と言った。

今にもコースから外れそうになるほど、ぎりぎりの状態で走っているのに、車をむちゃくちゃにしてぶっ壊せとでもいうのか、と私は尋ねた。

男はもう一度かぶりを振り、そうはならないから、集中しろ、もしそうなったら私が責任を取るから続けろ、と言った。

それで私は再びスピードを上げ、ポンティアックはブルブルと音を立てた、太陽がちょうど両目の間を照らしていたので、最初のカーブはほとんど見えず、当りをつけて曲がり、荒々しく、シフトダウンすることなく数回ハンドルを切り、そこをかすめて通過し、タイヤのグリップが一瞬はずれたかと思った時点でもうすでにふたつ目のカーブに差しかかり、埃のカーテンの中に入り、私は再びスピードをあげて坂を下った、ポンティアックは傾き、まるで殺されたかのようにうなり音を上げ、私は車を疾走させ、太陽は回転しながら遠ざかり、新たなカーブに差しかかると、ほんの一瞬、バックミラーの中に姿を現した。私が停車すると、男はストップウォッチを押し、納得の眼差しを投げかけた。

整備工場の仕事を辞めろ、君を使いたい、と彼は言った。ホイールを交換しろ、すべて説明するから。

三週間後、私は黒人の整備士と一緒に、コンゴ川の海岸沿いにある首都レオポルドヴィルに向かう北西への長旅に出発した。私たちのお供はポンティアック、それと小型トラックの後ろに積んだ大量の予備の部品だった。

ブリュッセル男は、飛行機で後からきて、首都のヴァンデポル整備工場で落ち合うことになっていた。彼は気前よく支払い、私は旅行費用までもらい、整備士はトラックに寝泊まりしたのに、私はルルアブールやポルフランキーといった都市でそこそこのホテルに宿泊することができた。私は、ポンティアックと連結したトラックを次発のレオポルドヴィル行きボートに乗せるための手続きを、すべて終わらせた。

カサイ川とコンゴ川を渡る旅に八日間を要した。姉に手紙を書き、この旅行を何度も経験している乗客で、郵便施設で働く公務員に託した、彼なら運んでくれるだろう。私は姉の子供にはまだ会っておらず、一度、数カ月したら家に行くと書いた。

実行することはなかった。

レオポルドヴィルは気に食わない喧噪に包まれていて、港では叫び声や金切り声があがり、ボートの荷下ろしははかどらず、人と人とがぶつかり合っていた。

白人たちもやや、黒人たちのように我慢ならなかった、ポルフランキーやエリザベートヴィルの税官吏がいい加減に仕上げた書類でも、積荷と正確に符合させたいようだった。

ここで簡単に買うことができるというのに、ポンティアックを何千キロも離れたところからレオポルドヴィルまで運んでくるとでも思っているのか。その後ろに入っているのは、人か物か？　ルムンバ氏か、カサブブ氏、チョンベ氏、あるいはペティヨン氏かもな。*1

一瞬、私を拘留するつもりかと思った。

このポンティアックは、一週間後のストックカーレースに参加する、と答えた。

彼らは含み笑いをした、カタンガ州から何かが運ばれてきて、それが鉱石でなければ、怪しいと睨《にら》むようだ。

ストックカーレース？

私はうなずき、私を待っている整備工場の名前をあげた。

ふいにすべてが明らかになったようだ。

アルベール一世通りを、カリナの方へ下ると、郊外にヴァンデポル整備工場がある、そしてフランス語で「問題ない」と言った。

---

*1　パトリス・ルムンバはコンゴ独立時に初代首相を、ジョゼフ・カサブブは初代大統領を務めた。レオン・ペティヨンはベルギー領コンゴの総督を務めたベルギー人。

整備工場には、すでにブリュッセル男が待っていた、時間を持て余してぶらぶらしていて、私たちの到着を喜んだ。すぐに活力を取り戻すと、ポンティアックをトラックから外せ、サスペンションをテストしろ、タイヤの空気圧もだ、と指図を飛ばした。

途中で何度かエンジンをかけてみたのか？

それは私も黒人男もやっていなかったが、私は、もちろん、と答えた。

彼は私の返事を無視した。

なめらかに回転したか？

とてもなめらかに、私はそう言うと黒人男を向こうに押しやり、何か食べものと飲みものを取りにいくよう伝えた。会話に立ち入ってもらいたくなかった。もちろん、エンジンはなめらかに回転した、空回りもあったが、アクセルを踏むと、エンジンは最大回転数に達して動かなくなることはなく、猫がニャーと鳴くように、とても安定していた。

彼はうなずいた、まだ数日ある。

彼が私を信じきっているのかどうか、わからなかった。黒人男は整備工場を出ていった、後で何を言ってもかまわない、私は今すぐにでも立ち去りたかった。レースも含め面倒なことから逃れて、ひとりで首都にいたかった。

トラックで行って、すぐに戻ってくる。

君はポンティアックと私を見捨てたりしない、と彼は返事をした。

そんなことはしない、と言いつつ、すでに運転席に座ってエンジンもかけていた。

私は街を縦横無尽に走り、黒人バーでライスつき鶏肉を食べ、そのままそこでぶらぶらしていた。黒人たちは敵意をあらわにし、私に対して不信の念をいだいていた。

潜入者かスパイか、はたまた単なるばか野郎なのか。

連中の表情には憎悪の念すら浮かんでいるのを感じ取った。エリザベートヴィルではまだそういうことは一度も見うけられなかった。独立の念が、黒人たちの瞳の中で燃え盛っていたことは。

勘定を済ませて出ると、アルベール一世通りを車で下り、アイスクリーム店のところで停車した。ここに座っているのは白人ばかり、とりわけ女性で、給仕まで白人だった。私はアイスクリームを注文し、通りの往来を眺めていた。


彼の左足はまだしびれていた。テーブルに片手をついて支えながら左足を持ち上げ、血のめぐりが戻ったことを感じるまで、足を前後に振った。

ソフトクリームを食べたのは、かなり前のことだ、と彼は思った。

夏の間中、木曜の午後になるとシモネは、当時まだヘルトーヒェン広場にあったアイスクリーム店に彼を連れていった。午前中、彼女は美容室にいき、カットしたての髪で最初に外出する先はネグリタという店と決まっていた、そこに彼と腕を組んで向かうのだ。そこでふたりはカップ入りアイスクリームを持って座り、用心深くスプーンですくって食べた。シモネは、苺《いちご》を最後まで食べきれない、といつも必ず言い、自分のスプーンで彼の前に差出すと、彼は文句もいわずにそれを平らげた。

ある日、シモネと一緒に窓から一時間ほど外を眺めていた施設からの帰り道、彼はヘルトーヒェン広場にあるル・デュクのテラスでひと休みし、ちょっと一杯ひっかけていた。そのときふと、ネグリタがもうなくなっていることに気づいた。職人が工事中で、数週間後にピザレストランが開業し、その店もまた姿を消した。今は、彼がまだ足を運んだことのない惣菜店になっている。

一度だけ、アイスクリームの屋台が、施設沿いの道を通りかかったことがある、ちょうど彼が到着した時に。角を曲がる際、音楽を耳にした。

このチャンスを逃すわけがなかった。大きなプラスティック製容器いっぱいのアイスクリームと苺をシモネのベッドまでもっていった。看護師らはまだシモネをソファに移動させていなかった、若い娘らは忙しかったのだ。彼は容器を窓枠の台におくと、彼女をベッドから起こしたが、優に二分はかかった。アイスクリームはゆっくりと溶けていく。

彼はカフェテリアからスプーンを持ってきた、アイスクリームについていたプラスティック製スプーンは、小さすぎるし、脆《もろ》すぎるからだった。それから彼は、シモネにアイスクリームと苺を食べさせた。時折、彼もひと口もらった。その間、彼女はまったく口を利かなかったが、彼はその瞳をまっすぐに見つめ、シモネはそれを受け入れていた。

彼は、彼女の瞳がスプーンの動きを追うのをみつめ、言葉はなくとも、アイスクリームがかつてどういう意味をもっていたのか、彼女がおぼろげでもいいから思い出すことができているかどうか、探ろうとした。

最後の苺のかけらは、彼自身の口に運んだ。

そしてシモネの額に口づけをして、自分の唇をふき取った。

レオポルドヴィルのアルベール一世通りは、川のように広い。ここは、彼がこの数年に見た中で最も大きな街だ。彼はテラスに座ってくつろいだ、まわりを白人ばかりに囲まれて。彼が耳にする会話は、取るに足りないくだらない内容だった。アイスクリームは美味しく、彼は存分にくつろいだ。コーヒーをもう一杯注文し、たばこを一本吸い、そのあとすぐに整備工場に戻った。

ブリュッセル男は、ポンティアックが滑らかに回転しないと思っていた。戻ってきた黒人男が問い詰められたすえ、ポンティアックには長い道中の間、触っていなかったことを白状したからだ。

彼の言葉と私の言葉、どちらを信じるのか、エンジンは蜂のようにブンブン音を立てている、と言った。

君が良い働きをしてくれたら金を払おう、とブリュッセル男は続けた。

これは良い働きだ、とせせら笑いながら、私はポンティアックの運転席に乗り込み、発車した。エンジンは汚れて黒ずんだ煙をあげ、燃焼は快適ではないが、車はブルブルと音を立てることはほとんどなかった、有効な回転数になると私は車をブーンと鳴らし、煙はおさまり、シリンダーが振動し、ピストンは騒がしい音を立てると完全に均一に回転した。

ほら、このとおり、と私は言った、エンジンには休養が必要だ、明後日は最高の状態で走る。

レース当日、私が彼の副操縦士を務めることになった、彼が約束していた人物がキャンセルしたからだ。黒人男は、私たちの専属整備士として残った。何台の車が参加するのだろうか、二十台か三十台あるいはそれ以上なのか、わからなかった。エンジン音、整備工や観客の叫び声で、スタートのピストル音が聞こえず、私はピストルから立ち上る白い煙だけを見ていた。一斉に前へ飛びだす——埃、噴煙、数台の車が接触しあう、一台の車が立ち往生し、一メートル突き飛ばされ、動かなくなり、他の数台はブレーキを掛けるはめになり——、私たちは八位か九位でコースを回っていただろう。

サーキットコースは丘道に入り、ポンティアックは切り株の上をガタガタ揺れながら走る、土の塊があたりに飛び散り、カーブでは観客をすれすれにかすめて曲がった。観客は、木と木の間に張られたロープだけで、レースコースと仕切られていた。コース一番の見せ場には、とりわけ白人が座る観覧席が設けられていた。黒人たちも、白人たちがその車を破壊するまで走る様を、熱狂的に観戦していた。

左右から、シムカ、コルベット、アルパインが私たちを追い抜き、勾配がゆるやかな地点で、ポンティアックが巻き返した。三周した時点でも、私たちはまだ九位か十位につけていた。

ブリュッセル男はトップ五位入賞を望み、口元に厳しい表情を浮かべている、下唇を歯と歯で噛みしめているのが見て取れ、アクセルを床につくまで踏み込んでいた。ポンティアックはうなりをあげ、ブレーキがキーキーと音を立て、焦げたゴムの臭いや、オイルやガソリンの焼けつく臭いがした。俊敏な操作で、彼はアルパインをかわした。丘の下り道では、フォード・サンダーバードも抜き去った。ポンティアックはうめき、震え、ガタガタと音を立てたが、走行しつづけた。ダイムラーがけしかけてきた、整備士がスタンバイするピットに近づくと、私は窓から体を出した。

オイルの準備、それとフロントガラスに水、と私は叫んだ。

次の周回で、ダイムラーが私たちを抜き、アルパインは置き去りにされたようで、サンダーバードが私たちの後についた、私たちの前方は土と埃だらけになり、ワイパーがガラスの表面をこすると、縞模様の汚れが残る。

黒人男がバケツを持って立っていればいいのだが、とブリュッセル男は罵《ののし》った、その口元には、相変わらず忌々《いまいま》しそうな表情が浮かんでいた。

コースは頭に叩き込んであったから、すぐにカーブを左へ、それから坂を上り、剣呑な木の切り株に注意しろ、とできるかぎり的確なアドバイスを与え、次の上り坂を過ぎるとランチアを追い抜くことができるぞ、と誘導した。

私たちが到着したら、彼はフロントガラスに水をかけさえすればいい、あの男はわかっているのか？

もちろんだ、と私は返事をした。

そして君がオイルを注入する。

オイルレベルゲージは大丈夫だ、オイルは何の心配もない、と私は言った。

私たちがピットまで来ると、黒人男が言われた通りバケツ一杯の水をフロントガラスにかけ、オイルを差出す、すべて数秒で済ませた。ワイパーが水と汚れをふき取り、ポンティアックは再びサーキットコースに戻り、私はオイル缶を足の間にしまった。

スピードをあげろ、何も問題はない、コルベットに要注意だ、と私は叫んだ。

ブリュッセル男はポンティアックの持てる力を出し切ろうとし、車はうなりを上げ、キーキーと音を立て、ダイムラーの先回りをして、もがきながら坂を上り、六位か七位を維持していた、坂の途中でフォルクスワーゲン・カルマンギアのモーターが煙をあげながら、脇に停車していた。

私たちの車は万全の調整で、オーバーヒートなんてしない、と私は叫んだ。

しかし、彼は疑いの眼差しを向け、私がオイルを使わないことに不満だった。窓ガラスはまた干からびていた。

彼はスピードを上げ、私たちは再びピットに近づいた。

左側にコルベットが来ているのを視野に捉えた、ブリュッセル男もそれに気づいていた。

私たちはピットを通って疾走した、そこには黒人男が再びバケツを手に立っていた、だがそれは無用で、ブリュッセル男はコルベットを目で追い続け、私は黒人男を見て叫んだ、が遅すぎた、彼は車にひかれ、宙を舞い、私たちはサーキットへと急いだ。

整備士をひいたぞ、私は叫んだ。

皆で彼を運び上げてくれるさ、とブリュッセル男が言った。

彼はコルベットに抜かれないよう気をつけていて、次に通過した際、整備士の姿は跡形もなく消えていた。私たちは九位でレースを終え、彼は落胆し、ポンティアックは整備士が当たった右側がひどく破損していた。私たちはそのあと彼を見つけた、彼は灌木の間に寝かせられていて、出血多量でこと切れていた。

なんてことだ、と私は言った。そのことを罵ったのは、私ひとりだけだった。

飛行機で帰れ、ポンティアックをエリザベートヴィルに持っていく必要はない、私ももう帰らない、とブリュッセル男は言った。

彼は私に丸めた紙幣を渡した。整備士は小さな教会の墓地に埋葬された。

で、トラックは?

それも一緒に残る、君には感謝しているよ、と彼は言った。


私はエリザベートヴィルに戻ったが、整備工場などには戻らなかった。あそこにはうんざりしていた。農園で働き、製材所で働き、飛行と航行を学び、ストックカーレースを済ませたいま、どんな仕事についても大丈夫だと確信した。

私は一日、街をぶらついたすえに、まだ白人を雇ってくれそうな印刷所に足を踏み入れた。社長のモンメンス氏が、私をすぐに印刷機の主任に据えてくれた。私は自ら印刷したり植字したりする必要はなく、指図するだけでよかった。印刷工や植字工らは黒人で、モンメンス氏は、接客に専念し、事務所を離れて印刷所に姿を見せるのは、ごくまれにしかなかった。印刷機の音、活字ケース内のカチカチ鳴る音やつまびく音、インクと紙の臭い、黒人たちの笑い声とおしゃべり、私はすぐに慣れた。植字工と印刷工らは、いわゆる進化した人たちで、ジャングルの黒人ではなく、彼らは読み書きができ、職場に掛かっている世界地図で、ベルギーを示すことができた。時折、私たちは連れもって飲みにでかけた。

白人地区にあるアパートに住み続け、スクーターで印刷所まで通った。

たまに、彼はさ迷い、思い迷い、実行したかったことについて考える、あたかも実際に実行したかのように。そして他の日々に、それを修正する、実際はこうだったなというふうに。その思い出の中では、誰ひとり傷つけてはいない。猿の歯をあらためて数えなおすこともない。誰ひとり、彼に視線を投げかけるものはなく、内テラスで彼はひとりぼっちだった。

彼は、すずめも四十雀《しじゅうから》も猫もまったくいない壁を見つめていた。

塗装が剥がれている、何らかの手をほどこさねば、ブラシで汚れと剥がれ落ちたものを取りのぞき、次に刷毛《はけ》で壁に白い漆喰《しっくい》を塗りなおして。

だが、そうは思うものの、実行には移さないことが、彼にはわかっていた。

漆喰を攪拌《かくはん》できそうな古いバケツが地下室にある、それよりさらに使うことのない他の不用品のそばに。彼が地下室に行ったのは、何カ月も前のことだ。

明日、地下室の様子を見に行ってみよう、と思う、階段の踏み板が湿気やカビであまりなめらかではないだろうとも考える、一歩また一歩と注意深く降りて、片手で壁を伝いながらでなければならない、手すりがないから。

そこは煉瓦造りの階段だ。階段の下の空間には棚板がとりつけてある。そこにはミルク、バター、肉が保管してあり、ビールも何ケースかあった。食事の前後に毎回、彼はシモネと地下室へ行く必要があった。冷蔵庫を購入するまでの話だ。

冷蔵庫と冷凍庫を、何度かドイツからイタリアまで運搬したことがある。その後、エスプレッソマシンをイタリアからベルギーへ。そのエスプレッソマシンは見ればわかる、パールデンコペル通りにブラッセリーがあり、そこに全く同じものが一台置いてある。以前、彼はそこで時々コーヒーを飲んだりしていた、今となっては昔のことで、パールデンコペル通りは遠かった。いや、コーヒーはカフェ・ル・デュクでも同じようにたしなみ、毎日そこで同じ人物を目にするのだ。放課後にヘルトーヒェン広場にたむろしている学校や大学の学生たちで、赤毛の少女がいつも彼の目にとまる、誰かに似ていたからだ。私が通学していた頃の誰かか、卒業後の誰かか、と考えるが、具体的にはわからなかった。彼女の髪の毛だけではなく、彼女が歩いたり首をすくめたりする所作や、何か真剣に考え事をしているかのように小首をかしげたりする様子も似ていた。

つまり、当時ただよく見かけていただけの相手とか、大勢いる中でたまたま目に付いただけの相手とか、その子のことをもっとよく知る価値があると思ったが、その子とは諸々の理由で、あるいは単なるものぐさで、それほど親しくなることはついぞなかったとか。

それほど多くの乙女や女性が彼の手と思い出を通り過ぎていったので、何人かは記憶から消え去ってしまった。

こうした記憶力の衰えが彼を困らせていた。だから、壁を見つめて立っているのは良いことで、それが他のことも呼び覚ますのだ、石の間の継ぎ目に目線の高さで一列に打ち付けられた三つのフック、それは彼が施したものだ。シモネがそれを望んだから。そこには何年ものあいだ夏になると、ゼラニウムを、赤いゼラニウムを植えた植木鉢が掛けてあった。一度だけ、白色、ローズ色、紫色のペチュニアを植えてみたが、彼女はいいと思わなかった。二週間後にはもとに戻したので、ほんのお試しに終わった。シモネは、ペチュニアを土がついたまま容赦なくゴミ箱に投げ捨てた。

彼は新しい鉢植え用の土を運ぶと、たばこを一本吸いながら、シモネがゼラニウムを植えている様子を眺めていた、そのゼラニウムは彼女が急遽ホームセンターで購入したもので、いつものように市場で買ったものではなかった、市場の花屋の店員とは長年のよしみで、彼が彼女と知り合う前からのよしみで、ふたりは冗談を言い合い、おそらく少し好意を寄せていたり、何となく魅力を感じていたりしたのだろう、その華やいだ余韻が花々の中に宿る、血のように赤いゼラニウム、もちろん、そういう類のことを彼は深く追及したことは一度もなく、彼女がゼラニウムを植えている様子を眺めていた。

たばこを吸い終わる間に、ゼラニウムは植木鉢に植えかえられ、シモネはそれをフックに掛けてくるよう彼に頼んだ。彼はうなずくと鉢を取り、口にはさんだ吸殻を取るなり、花を植えた新しい土の中に押し込む、シモネはそれを目撃していた、彼は鉢をフックにひっかけ、きちんとまっすぐになるよう吊るした。

シモネは何も言わず、彼が残りの鉢ふたつを吊るし終えるのを待ち、その段になってようやく、どうしてさっきあんなことをしたの、と尋ねた。彼は首をすくめ、少し微笑み、何も答えなかった。

夏たけなわの頃、彼は外から大声で彼女を呼んだが、うだるような暑さで、シモネは雨戸を閉め、少しでも暑さをしのげる室内にとどまることを望んだ。

見においで、と言って、ゼラニウムを指差し、どれが一番きれいだと思う、赤いやつかい？彼女は見て、考え、そしてようやく真ん中のを指差した。あれはたばこの吸殻が入ったやつだ、と言い、彼はまた微笑んだ。

これを彼は毎年繰り返した。

シモネにそれがもうできなくなると、彼自ら春に花市場に出向いた。古株の店員はもういなくなり、商売は若いカップルが引き継いでいたが、ゼラニウムに変わりはなかった。家に戻ると、彼は花を植木鉢に植え替え、たばこの吸い殻を入れずにフックに吊るした。今回のゼラニウムも血のように赤くなり、満開の時期を見計らってシモネを外へ連れ出すと、陽光の中でまばゆい赤色は目がくらむほどだった。

シモネはそれを眺めた、静かに、まるで心から感動したかのように、満ち足りて幸せそうな表情を顔に浮かべている気がした。

おそらく、押しつけがましい赤い花が、彼女が嬉しかった時の記憶を呼び覚ましたのだろうが、それについて彼女は言葉で表現することはできなかった。花屋の店員との間で起きた何かかもしれない、もちろん、彼はそんなことにはお構いなしだった。シモネが両手を伸ばす、子供みたいだ、と彼は思ったが、植木鉢を壁から外さなかった、彼女は子供じゃないから、そう彼は思った。

シモネを施設に入れて以来、壁にゼラニウムを掛けることはなかった。

フックだけが残っている。

植木鉢も地下室に置いたはずだ、と思いつく。明日、バケツを探しに行ったら、すぐにその植木鉢を上に運ぼう、今夏の盛りはまだこれからだ。ゼラニウムをもう一度吊るすなら、壁を白く塗る必要はない。明後日、バスで市場に行き、苗木を三株買ってこよう。

彼はポケットに両手を突っ込んだまま待つ、おのずと承諾するというポーズで、昔、農園に立ち寄った年老いた男たちの誰もがしていたように。ポケットから両手を出すのは、それを使わなければならないという意味だった。

そのようにして彼は壁の前に立ち、一歩も動かなかった。ただ首をかしげて、家の裏側のかなたに見える家並みを眺めていた。

視線をそらす理由もなければ、家の中に入る理由もない、部屋の中でも夜が続くだけだから。

家並みの一軒の裏バルコニーに、洗濯物を干す女性が現れた。五十歳ぐらいだろうか。彼女がバルコニーにいるのを見かけたのは、初めてではなかった。

彼の洗濯物は、二週間ごとにまとめてコインランドリーに持っていく。年に二十六回、それを頑《かたく》なに続ける、と彼は思っている、社会福祉課の若い娘がいかに口うるさく言ったとしてもだ。

バルコニーの女性は、裏庭にいる老いた男には目もくれない。彼のことをどう思っているのだろうか。ポケットに両手を突っ込むような者が、猟や狩りを止めてしまった者が、ひとりで世界を眺めている者が、まだ存在していることはすばらしい、とでも思うだろうか。あるいは、彼の関心はきっとしぼんでいる、彼のズボンはすごく臭うのだろう、とでも。

今、たばこに火を点《つ》け、マッチを振る、彼女はきっと炎を見ている、たばこの先の赤い炎を。

彼はたばこを口から外すと、少し間をおき、唇の間から、鼻の穴から、さりげなく煙を吐きだす、その仕草はいつものように若い頃と変わらなかった。

若い禿げ鷲が、白人地区の公園にある一本の木にとまり、その翼を閉じる前にほんの少し揺すった。その頭は、胴体についたフックのように垂れていた。禿げ鷲は翼を閉じた、次の瞬間、姿が見えなくなっていた、木のてっぺんの紫緑色に紛れてしまったのだ。

夜はその指を広げて、最後の光をつかんだ。

私はアパートのドアを閉め、足を柔軟にするために階段を降りた、というのも、エレベータが途中で止まることがあるからだ。私はスクーターを発進させ、印刷所の黒人たち数人と約束をしているアルベール地区に向けて走った。

エリザベートヴィルの夜の空気は時として冷たい、夏であってもだ。高原は暖かさを保てず、風は自由気ままに吹いていた。白人たちは、夜は火に薪《まき》をくべるのを素敵だと思い、この大陸でもストーブで暖を取っている、ヨーロッパさながらに。

私は、遅くまで長居できるバー「シェ・レオン」で同僚らと落ち合った。皆でテンボとプリムスを飲み、交替でおごり合いながら討論した、同僚らの国がようやく手に入れた独立「ディペンダ」について、大統領になるはずだったルムンバについて、カタンガを率いることになるチョンベについて、大統領になったカサブブについて、植民地化して黒人たちの国を奪った白人たちについて、ボードゥワン国王について。だが、彼らの真の王国は、私たちの膝の上に座りに来る、彼女らは拷問ともいえるバストや大きなヒップを持っていた。

シェ・レオンを出て、徒歩でどこか他のカフェへと向かった。女の子たちが私たちに同行し、皆で歌ったり冗談を言い合ったりし、途中で花火を目にしたり、爆竹の音を耳にしたり、まるでディペンダをまだ祝っているかと思うほどだった。

女の子たちは、お触りとキスをさせてくれるだけで、私もそれ以上を強いることはなかった、飲むときは酒に集中し、あとは環境と、状況と、雰囲気なのだ。私たちは足を引きずりながら他のカフェへとまた移動し、そこで整備工場の整備士のひとりに出くわした。一瞬、その整備士は潤んで血走った眼差しで私を見やり、何か言いたげだったが、すぐに視線をそらし、ビールの泡を見つめていた。スピーカーから音楽が流れ、女の子ふたりがダンスを始め、私が船酔いしそうになるほど腰を動かしていた。最後は、私たち印刷工もダンスに加わった。

テーブルでも通りでも、チョンベとルムンバの名前が耳に入り、爆竹や花火はおさまらず、討論や歓声が聞こえ、さらに大勢の男たちが女の子たちの気を引こうとしたり、両手を差し出したり、腰を触ったりする、ダンスは荒々しくなっていた。私たち印刷工は、お祭り気分が冷めていない他の場所にカフェを探した。私たちは討論には気を留めず、ビールを飲むことに集中し、私たちの唇には泡が付いていた。誰もが時計を見やるが、それが示す正確な時間を、受け入れようとはしなかった。騒ぎがおさまり、勘定を終えると、スクーターを探しに出かけた。通りは徐々に人が少なくなり、ようやく町中が眠りに落ちたようだった。私たちはいとまごいをした、何時であれ、夜は最後の指で、屋根や公園の木のてっぺんにつかまっていた。

私はスクーターのエンジンペダルを踏むと、アルベール地区を後にしながら、ゆっくり走行した、酔っているのが分かっているからで、何もない通りを抜けて、白人地区がアルベール地区と区切られた無人地帯を抜けて走った。

アパートのドアを開けるまで数分を要し、薄暗がりの中、自室まで千鳥足で辿りつき、カーテンを閉めるとベッドに身をなげた。

いつも起きる時間に目が覚めた、と少なくともそう思っていた。目を閉じたまま、さらに数分、横になったままでいた、自分のベッドにいることがはっきりわかるまで、汗とビールとたばこの臭いがする肌着を着たままで。

外は、冷え冷えとした高原の空気がもうすっかり温まっているはずだ。私は起き上がり、ベッドの縁に腰かけた。

放屁、それが私の聞いた唯一の音だったが、その時は気づかなかった。

私はゆっくりとたばこを吸った、この後に急げば、印刷所での仕事に差し支えはない。腕時計は五時三十七分で止まっていた。時間はもっと遅いはずだ、だが、まだ七時半にはなっていない、というのもこの建物の中で物音ひとつ聞こえてこないからだ。上の階も、下の階も、隣の部屋も、起きている者は誰もおらず、ドタドタする音も、パイプを流れる水の音も、何ひとつ聞こえない。まるで、一日をスタートするのが私ひとりだけのようだった。

ことごとく静まりかえっていた。

赤子の泣き声も、子供の声も、車の発進音も、ラジオの鳴る音も、階段の足音も、挨拶を交わすふたりの声も、何ひとつ聞こえなかった。

あたり一面、静寂に包まれていた。

私はベッドから立ち上がり、窓に歩みより、カーテンを開けて外を見た。

静寂。

通りはもぬけの殻で、車すら姿を消している、もっとも、奇妙な状態で止まっている車は何台かあって、ドアが開いたままのものもあれば、道を遮るように止まっているのもあった。ことごとく静まりかえっていた。

私はカーテンをさらに脇へと押しやり、もっとよく見るために窓を開けた。この街がまるごと置き去りにされた印象だった。数軒の家はドアが開いたままで、窓ガラスは割られ、血痕が残る壁もある。一本の灌木には、ライトブルーの下着のシャツが掛かっていた。

向かい側で、黒人女性が庭をこそこそ歩いているのが見えた。彼女はたくさんの衣類を引きずっていて、それは白人の衣服だった。

私は急いでシャツとズボンを身に着け、通りに向かって走り、その女性をなんとか捕まえることができた。私を見るなり、女性はわっと泣きだし、その嗚咽《おえつ》で何を言っているのかまったくわからなかった。私は女性の肩を摑んだ、彼女は雌猿のように見え、干からびておびえていたが、彼女の歯は私の首に掛けたものとは似ても似つかず、私が女性の肩をゆすると彼女は落ち着いた。彼女はフランス語を話した、いわゆる進化した人間だった。

昨夜それが勃発したのだ、夜のとばりが降りた頃、黒人らが、ナイフやライフル銃を持った集団が、軍服を着た者たちが、反乱者が、軍人が、市民が、徒歩や車で、街に繰り出し、白人たちを家の外につれだし、発砲したり、略奪したり、暴行を加えたりで、白人たちは逃げていった。

その女性は、私が現場を押さえた家で家政婦をしていた。その家族は、一切合財を置き去りにしたので、彼女はできるかぎり「救出」しようとやってきたのだ。

私はその女性を行かせてやった。私のスクーターはまだ門のところにあり、誰も手を付けていなかった。アパートに鍵をかけると、印刷所へと急いだ。

道すがら三人の白人が、郵便局のビルの階段に腰を下ろしたまま当惑している姿を目にした。私は停車した。夜間、彼らは身をひそめていた、今、明るい日中は、すべてが穏やかな状態に戻ったかのようだ。

何が起こったのか、知らないのか?

知らない、夜遅くに帰宅したばかりだ、と答えた。

七人の白人が殺され、中にはイタリア領事もいて、彼は車中で射殺された。白人の半分がカスンバレサに逃げた、ローデジアとの国境線にある検問所へと。残りの者は、まだ脱出するための準備に追われているところだ、私たちのように。今はすべてが穏やかな状態に戻っているが、いつまで続くやら。

私は残る、と言った。

印刷所では、誰もが何が起きたのかを知っていて、そして誰もが普通に各自の作業をこなしていた。

当然、印刷中の新聞に事件に関する記事が載っているはずだ。

モンメンス氏は正午の版のために、この作業にかかっていた。

印刷部数は思い切って縮小する必要がある、いきなり数百人もの黒人が当社の新聞を読むことなどないし、購入することなどありえない、とモンメンス氏は言った。

白人の半数が、エリザベートヴィルから逃げ去った。

印刷工の連中は、私と再会して安堵の色を示した。だが町中には、緊張と不穏がかなり高まっていた。

その日以降も、黒人たちはこれまでとまったく同じように印刷所で働いていた。毎日、手当も受け取っていた。私も自分の仕事をした。

昼の休憩時間には、いつものようにカフェ・ラ・クロヌで過ごした。そこで軽く食事をとったり、印刷工たちも虜《とりこ》にしている泡いっぱいのベルギービールを一杯ひっかけに来ているモイーズ・チョンベの仲間を定期的に見かけた。時にはチョンベ自身が立ち寄ることもあり、そのときは彼の仲間のひとりと何やら話をしていて、私たちのほうに、そこでは唯一の白人である私にも、愛想よく会釈をした、数人の護衛が彼の背後を影のようについていた。

モンメンス氏はいつもどおり指示をだし、特に変わったところはなかった。ところが三日後に事務所に行くと、彼のデスクはもぬけの殻で、ありとあらゆる書類が消え去り、眼鏡ケースが置かれたままになっていて、それ以外は何ひとつなかった。

本人も、奥さんと娘たちも、やはり慌てて出発したのだ。誰にも告げることなく。説明や別れの挨拶を書いた手紙もなければ、何ひとつなかった。

新聞の他にも、理髪店や衣料品店、香辛料店、ドラッグストア、バーといった店のチラシや、割引クーポン、特別奉仕品の広告といった日常的に発行するものには、印刷の仕事はまだ十分にあり、いずれも毎週、毎月のように続いていった。

黒人たちは、どの原稿の版を組んで印刷すべきなのかを訊いてくる。私は納期を確認するだけでよかった。こうして瞬《また》く間に私は印刷所の指導者になった。その後モンメンス氏からは何の連絡もなかった。

私は自分のアパートを引き払い、空き家になったモンメンス邸に引っ越した。このことに誰も驚かず、ボーイや家政婦も戻ってきて、何ごともなかったかのごとく振る舞った、私は彼らのやりたいようにさせていた。そこは広々としていて、穏やかで、涼しく、ラジオが一台置いてあった。ラジオは嘆き悲しむヒステリックな声で、レオポルドヴィル、アルベールヴィル、スタンリーヴィルなど、この国のほぼ全域で白人狩りが行われていること、黒人たちが互いに襲撃しあうこと、姉の農園があるキヴ州でも発生している殺戮、強姦そして強奪の様子を放送していた。

それでもエリザベートヴィルには何人かの白人が戻っていた。おそらく鉱山経営者がチョンベと手を組んで、傭兵を募ったのだろう。動乱と暴動の夜のうちに、白人エリート軍人たちが騒動を鎮めていた。

深刻な混乱は、カタンガ州にいる私たちは逃れることができた。

モンメンス邸に移り住んだ翌日の朝、突然モイーズ・チョンベが印刷所にあらわれた。

彼は私に原稿を手渡し、すぐに印刷して配布しなければならない、と流暢《りゅうちょう》なフランス語で、敬服するに値する口調で言った。

私はすぐさま原稿の版を組み、他の印刷物は停止させておいた。

私たちは、カタンガ州の独立を宣言する「声明文」の印刷にとりかかった。カタンガ州はコンゴ共和国から離脱するのだ。

チョンベは、白人の実業家と黒人の労働者の支持を得て大統領になるのだ。コンゴの他の地域を荒らした騒動など、ここでは誰ひとり望んでいなかった。

これはほんのわずかな印刷物で、体裁よく仕上げることもできなかったが、気にはしていられなかった。これは、私が携わったなかで最も重要な原稿だった。

印刷を終えると、プレス機を停止させた。同僚と皆でカタンガ州の独立を祝いにでかけた、独立した女の子らと一緒に。

当然、印刷所の指導者としての私は順調とはいかなかった。山積みの調整作業も、顧客やインクや用紙を探すことも、帳簿をつけることも、賃金の支払いも、何もかも。

私は会社を売却しようとしたが、銀行が干渉したので、その時点で印刷所に見切りをつけた。コンゴに生じた厄介な状況下、特に分離したてのカタンガ国では、もっと手っ取り早く稼げる手段があった。

チョンベと数人の白人事業家は、新しいカタンガ国を守るために、引き続き傭兵を募っていた。これで大金を儲けることができる。

私は自分で徴募の広告を刷った。

コンゴ全域が混沌とした状況だった。実際、誰が牛耳っているのか誰も正確には知らなかった。

私は歴史の行く末を決めたいのではなく、弾丸の向かう先を決めたかった。私には頑丈な手がある、これ以上いい解決策など何ひとつなく、生きのびることができると確信していた。

白人ローデジア人とベルギー人医師のところで検査を受けた、良好とみなされ、心身ともに正常で、動機についてはほとんど質問を受けなかったので、給料がほしいからと答えた。

ポーランド人の元将校は、カタンガ国の空軍を始動させようとしていた。鉱山企業の助成で、政府はいたるところで個人所有者から飛行機を何台か調達し、ベルギー人は十台の飛行機を残していた。

私は飛行機を操縦できると言った。

ドルニエは？

大丈夫だ、と太鼓判を押した。

彼らは私を即興の飛行隊に配属した、数人のベルギー人、二、三人の黒人、白人系南アフリカ人、フランス人そしてデンマーク人、覚えている限りそうだったと思う。

私はすぐさまエリザベートヴィルの近くにある飛行場、ルアノ空港に派遣された。

二日後、初の偵察飛行のために離陸した。

彼はたばこをもみ消した。バルコニーから人の姿が消え、洗濯物だけがそこに掛かったままだ。これ以上眺めている意味がなかった。

台所の窓の下、壁にはスツールが立てかけてある。

それは数年前に彼がそこに置いたものだ。たまにシモネが休憩しにいった、そこは屋外とはいえ、四枚の壁に囲まれて、隠れ蓑《みの》になっていた。彼女は誰からも見えなかった、住宅のバルコニーと窓を計算にいれなければ。

そして彼女は、暑くなるとブラウスを脱ぎ、恥ずかしげもなくスリップ姿で夕時のそよ風にあたりながら座っていた。

私はというと、まさしく今いる位置に立ち、たばこを吸っていた。

これで蚊が寄ってこない、と私は言った。

けれども、しばらくすると私は室内に虫よけ剤を取りにいかされた。それから彼女の両腕や肩、首や両足に塗った。

ふたりでゼラニウムを眺めた。

通りや近隣からの音、テレビのスイッチを入れる音が聞こえていた。

ふたりは各々の思いにふけっていた。


彼は思案しながら指に挟んでいたたばこの吸殻を地面に捨て、靴底でぐちゃぐちゃにもみ消し、壁に背を向けてスツールに腰掛けた。

こういうふうにシモネも座っていた、夕時のそよ風にあたりながら。

彼はため息をつき、片手で顔をぬぐい、後頭部を壁にもたせかけた。

明日、ゼラニウムの手入れをしよう、培養土を取りにいこう、と思いつく。朝、それをすれば、正午には吊るすことができる。

彼はもう一度、広げて置いてある草のほうを見やった。陽の光はその場所から去っていたが、空気は乾いて暖かいままだった。

彼が立ち上がろうとすると、両脚が重たく感じる。

もう少し座っていよう、両脚の疲れが完全に取れるまで。

彼には、延期できないことも、持ちこしできないことも、諦められないことも、止められないことも、何ひとつない。社会福祉課の若い娘がまた立ち寄るまでに、もう少し時間がある。ゼラニウムが吊るしてあるのを見ると、彼女は驚くだろう。

これは諦めてないのね、お花が好きなの？

この花がね。

それに、壁を白く塗りかえたのね。

もしそう言われたら、私はただうなずいてみせるだけだ。

このお家を借りてずいぶん経つけど、ここから立ち退きたくないのね。

彼は微笑む。その表情の意味するところを読み取ることはできない、ほんのかすかな微笑みだ。彼は自分の手の内を見せたりしない。

市はこの物件を買いたがっていて、大家は売却したいと思っているの、だけど、あなたは店《たな》子《こ》だから住む権利があり、市にしてみれば、この家を解体できなければ価値がないの。更地になれば、ここに福祉用住宅が建設されるわ、市はこの近辺をすでに買収していて、三、四軒の古い家屋を八軒から十軒の新しい住宅に建てかえるの、そのことを一度よく考えてもらえないかしら。あなたはここにまた住むことだってできるのよ、モダンなアパートに。とりあえず老人ホームに入居することもできるし、そこなら手厚く面倒を見てもらえるわ。疑っているでしょ、わかってるわ。

疑ってなんかいない。

あなたは疑り深いのよ。というか、尻込みをしているの、私にはわかるわ、でもここでの暮らしぶりをよく見てちょうだい、家は傷んでいるし、この草は何に使うつもりなの。

香りのためだ、この香りは、自分の足で探しに行かないと見つからないほど、珍しいものだ。

あら、と彼女。

そう、と私。

私は彼女に本当の理由を話すつもりはない。

でも、家の中にいい香りはまったくしないわね、と家の中に足を踏み入れながら彼女が言う。彼女は、いっぱいになった灰皿を指差す、キッチンと居間に置いてある灰皿だ。掃除婦をよこしましょうか?

老いぼれちゃだめよ。

そうだね、来てくれてありがとう。そして、彼女をドアへと誘う。

彼女は去る。

私は居眠りをしていたようだ。

彼は目の前にある何も掛かっていないフック、汚れて剝がれた壁をまた見やった。しかし、両脚の重みはなくなっていた。彼は立ち上がり、室内に入った。

ジープは石くれや切り株を乗り越えてあちらこちらへと突き進んでいき、私はパッチワークの人形のように揺さぶられていた。私は台尻を使って両脚の間の床に立てた銃にもたれかかり、黒人の司令官はハンドルを握っていた。

時折、目をつむった、いや実際には時折目を開けていた。

私は注意を払うことに疲れていて、とにもかくにも疲れていて、睡眠をとりたかった。

チョンベとそのカタンガ軍の敗北後、しばしキブ湖周辺をさまよい、シンバ[*1]に加わった。

大きな危険が私の身に迫った時にも、間違った党派が戦いに敗れだしたときにも、必ず解決

*1　コンゴ動乱において旧ルムンバ派の一部によって組織された反乱軍。

策があった。軍服を着替えればいいだけだ、党派は十分にある、だが自分の肌だけは脱ぐことはできなかった。それに、軍服が尽きたとしても、当分は何か軍服をでっちあげた。

私たちは夜通し車を走らせた、森やサバンナの音が頭の中でこだましていた。どこまでが森で、どこまでがサバンナで、どこまでが夜なのか、私にはもう区別がつかなかった。朝はジープの音だけ、あえぎ唸《うな》る音だけが聞こえ、司令官はかなり強くアクセルを踏んでいたが、その割にスピードは出ていなかった。ジープはでこぼこや切り株の多い道を左へ右へと荒々しく蛇行した。私は耳と耳の間で意気消沈し、両腕と両脚がしなびて、こわばっているのを感じ、胸と腹が疲労困憊しているのを感じ、性器が萎えて無力になっているのを感じていた。

太陽はまだ湿っぽい早朝の光を道に投げつけている、ほんの束の間、目を開けたままにしていると、この道に見覚えがある気がした。おそらく、勘違いしていたのだろう。

私はジープの中でたったひとりの白人で、黒人兵士ばかりを乗せた車が二台、私たちの後ろを追走していた。私たちは、徒歩でジャングルを超えた先頭部隊のための弾薬を積んでいた。大雑把に描いた地図に大まかに記した地点にいる先頭部隊に合流する予定で、司令官は何の心配もしていなかった。そして、私にはどうでもよかった。

コンゴにいる誰もが、シンバの連中を恐れていた。私は彼らに対抗するより、その一味でありたかったし、連中は私の首にかかる猿の歯を畏敬の念を抱いて見つめていた。

私はかつてムレレと[*1]、独立して彼がシンバのリーダーになる前に、ジャングルでの荒れた夜の後に、ポンペを一緒に飲んだことがあった。立派な農園になることがなかった地区のそばにあり、クロコダイルだらけの川からそう遠くない小さな村にふたりで座っていた。数時間のうちに、白蟻が家を丸裸にするが、ピエール・ムレレはそれを食い止めることができると言った。

その時、私には理解できなかった、ムレレが誰のことを指して白蟻と言ったのかを。現時点でシンバが私のことを受け入れてくれているのは、ピエール・ムレレを知っていると言ったからであり、彼とポンペを飲んだこともあれば、討論したこともあり、彼が白蟻を駆除すると私に伝え、私がムレレに全幅の信頼を寄せている限り、彼らのように私も不死身であり、私は白人なので、ムレレを信頼するのは簡単なことだ、と言ったからである。ムレレは私

＊1　ルムンバ内閣で教育大臣を務め、ルムンバが殺害された後にシンバのリーダーのひとりとなり、ゲリラ戦を展開した。

の猿の歯を手に取り、君を守ってくれているのはこの歯なのだろうと言った。兵士たちの考えにぴたりとかみ合っていたので、連中は私を受け入れ、信用までしてくれた。

ジープの席につき、朝日の中で目を開けたままでいると、涙ぐんできた。疲れて、体がだるくて、辛抱ならなかった。

景色に見覚えがあると思っていた、道の分岐点にも。朝が来たのだと思い、手の甲で涙をぬぐった。

兵士らは持っていた薬草のひとつを噛みちぎった、彼らのあごがゆっくりと動くのを眺めていた、やる気のない素振りで。連中もひと言もしゃべらず、疲労困憊の様子だった。

司令官は分岐点を左に折れた。

私は朝のことを思い出した。

司令官がジープを停車した。道路脇には宣教団の本部があった。かかしに見覚えがあり、今は傾いて立っていて、トマトの枝が棒に括《くく》りつけてあり、キャベツ、レタス、人参がまっすぐな列をなして実り、じゃがいもは半分ほどまでに育っていて、その枯れた葉は燃やすために、かき集めて山のように積まれてあった。私はその様子をすべて、ジープから降りる間に目にした。

すみやかに進行した。他の車も、軽トラックとワゴン車も、停車した。たちまち兵士たちが降りてきた。

庭仕事をしていた黒人シスターふたりが、悲鳴を上げながら宣教団の教館に走っていった。ドアのところに司祭が姿を見せ、ヒェゼレを朗唱するのを中断した。彼は何か言おうとして、司令官に銃の台尻で顔を一撃された。

司祭は倒れた。

兵士が大挙して建物の中になだれ込んだ。

三人で司祭を教会までひきずっていった。ガソリンの樽がまだひとつ残っている納屋の入り口を数人で叩き壊した。

兵士らは黒人シスターふたり、黒人神父を数人、それに白人の尼僧三人を、宣教団本部の建物から外へと引きずりだした。

ジープ内の私の横で、薬草を噛みながら座っている「ムンガンガ」と呼ばれる呪術師が、緑色の痰を地面に吐いた。彼は兵士たちに向かって何か叫んだ、私には理解できない言語で。

司祭がうめいたので、司令官は彼の腰に蹴りを入れた。

教会の扉は開いていた。神父と尼僧は教会に追い込まれた。

突然、教会の屋根の上に吊ってある鐘が鳴りだした。兵士たちは驚いて振りむいた。

ムンガンガの顔に怒りの表情が浮かび、髪につけたライオンのたてがみを振ると、また私には理解できない言語で何か叫んだ。そして、教会の前で地面に倒れたままの司祭に槍を投げようとした。

私は彼の腕を掴《つか》んだ。

激怒しながらムンガンガは私をみやるが、私は彼を離さず、彼の肉を強くつかんだ。

これは魔法なんかじゃない、と私は言った、彼にもわかる言語で、長年にわたり黒人たちの中で学んだ言語で。

司令官が聞き耳をたてていた。

もちろん、教会に身をひそめていた神父が、周辺の村落や里村にむけて緊急の鐘を鳴らしたのだった。鐘は、魔法の力で鳴っているのではなかった。

私はヒェゼレの詩集を拾い上げた。

この本は祈りでもなければ、呪文でもない、と私は言った。

私は本を開くと、文章を大声で読み上げた。

　　雌牛の鳴き声は、口琴のごとし、つまり雌牛は疲れているのだ、
　地面に立って一生懸命、草をはむことに、

長い時間、若い牧草の中で、
重いおっぱいをさげたままでいることに。

私は学校でこの詩を暗唱させられたものだ、農家の息子だからこの詩が描くイメージが思い浮かぶのだが、今は黒人たちが驚いている、呪文のような響きに感銘をうけながら。

ムンガンガは舌打ちをして、槍を地面に突き刺した。

司令官は耳をそばだてて聞いている、彼はいわゆる進化した人間で、神父たちからフランダースの言葉を学んでいたことを私は知っていた。

詩というものは、ただの言葉の集まりだ。注意が緩んだ。

教会内で一発の銃声が響き、鐘の音がやんだ。

司令官は私の手から本を取り上げ、ページをめくった。

これはフランダースの言葉なのか？　彼が訊いた。

私はうなずいた。

兵士のひとりが教会から走りでてきた。彼は司令官が本を読み上げるのを耳にし、気を付けの姿勢を取った。

ティンペ、トンペ、テレリンク、
ここから飛んでいく、デレレイクへと、
ここから飛んでいく、ロンペルスヘーへへと、
銅の胴と鋼の心棒、
なかなかまっすぐ立とうとしない、
私は鞭で強く回すしかない、
ティンペ、トンペ、テレリンク

司令官は歌うように、音節を区切りながら読んだ。

フランダースの言葉なのか？　彼はまた尋ねた。

私はまたうなずいた。

それなら呪文だ、こんなフランダースの言葉は知らない。

ムンガンガは眉をひそめた。

ティンペ、トンペ、テレリンク、司令官はそういうと、本を地面に投げ捨てた。

私は肩に掛けていた銃を手にかまえた。司令官は、彼の前に立っていた黒人の兵士らに、頭を振って合図した。

私たちが白人の長髭男ひとりを撃ち殺すと、黒人がそのことを報告した。

司祭がうなった。

司令官はもう一度、彼の肋骨を蹴った。

その男を生かしておいてやれ、と私は厳しい口調で言った。

もちろんだ、と司令官。他の連中に何が起こるのか見ることができる。

ムンガンガが得意げに私を見た。

君たちは思い違いしている、と私は言った。

正当な理由でもあるのか、と司令官が言った。

もちろんだ、と返事をした。

この司祭を連れていけ、失せろ、二度と見たくない、と司令官は言った。司令官は私に背を向けると、教会内に入っていった。ムンガンガがそれに続いた。

さあ、と司祭に向かって言い、彼に手を差し伸べ、立ち上がらせた。彼の口から血が出ていた。

教会にいる者たちのところへ行く。

何も言うな、彼らに見込はないが、あなたは助けることができる。

私は彼の腕を摑んだ、ムンガンガにしたように。司祭はそのことを理解していた。

あの連中のところで何をしているのだ、あの野蛮な連中のところで。

いつも野蛮なわけではない。彼らは、新しいコンゴを望んでいるのだ、ピエール・ムレレはそれについて色々な考えを持っている。猟師、兵士、ヒョウの毛皮と仮面の男、彼らは独自の流儀で行動しているんだ。

それは君の流儀でもあるのかい？

私には決まった流儀などない。なんとか切り抜けようとするだけだ。

司祭を宣教団の本部の方へ押し戻した。彼は抵抗した。

ティンペ、トンペ、テレリンク、と私は言った。

かかしが私たちに敬礼をした、キャベツ畑の中で斜めに立って。

身の回りのものをまとめて、ここから立ち去り、身を隠すといい、必要なら数時間後に戻ってきてもいい、私たちが出発してからだ、これ以上はあなたに何もしてあげられない。

司祭のことは運にまかせて、私は教会の方に戻っていった。

隅にある、告解場の裏側の、鐘の紐のところには、白人の神父がわき腹に手を当てがいうめきながら倒れていて、その手は血まみれだった。誰ひとり、彼に見向きもしなかった。残りの者、黒人の神父とシスターたち、三人の白人尼僧は、祭壇の前に集められていた。たいていの者は恐怖に満ちた表情を浮かべていた。ひとりの神父とひとりの尼僧だけが動じないふうだ、信仰で鍛えられているのだろうか。それならば、信仰も何かの役に立っているというものだ。兵士たちは、全員を銃で押さえつけた。

司令官がひとりの「戦士」、彼らがやとっている男に相談した。早くしなければならない。本隊は私たちを待っている、ただいたずらに夜通し車を走らせてきたわけではない、だから今ここで膨大な時間を無駄にするわけにはいかなかった。司令官は納屋からガソリンを持ってきてトラックに積むよう命令した。

しかし、もう満杯だ、とシンバのメンバーが言った。ならば、そのうちいくつかをワゴンの屋根に載せろ、と司令官が決めた。

「戦士」が、ふたりの兵士を外に連れ出した。後はおまえたちが望むようにやれ、早くやれ、と司令官が言った。彼も外に出て、ムンガンガについてくるよう命令した。

負傷者のうめき声をのぞき、教会内は一瞬、静寂につつまれた。その時、兵士のひとりが軍服のズボンのボタンを外すと、尼僧に近寄っていった。私は他の黒人らが行動にでる前に、急いで彼に続いた。ひとりはナイフをもう鞘からだしている。素早い動きでその男は神父のひとりのズボンをおろした。

神父は怯えていた。おそらく心の中で祈っていたのだろう。尼僧らもそうやって祈っていただろう。かすかに笑いがもれた。隅で唸る負傷者がうわごとのように言っているのは、何か祈りでも唱えているのだろう。

私は一番若い尼僧を見つけ出した、彼女が一番かわいらしい。

兵士のひとりが、ナイフで修道服を切り裂き、その時、若い尼僧が傷を負った。黒人のシスターたちも衣服をずたずたに切られた。

私たちは彼らを家畜のごとく吟味した。

ズボンを脱がされた神父が取り押さえられた。ナイフを持った男が容赦なく、神父の性器を切り落とした。祭壇に血が飛び散り、神父は悲鳴をあげた。兵士らはその神父を放すと、自らの性器を拾って食べてしまえと命令した。けれども神父は、泣きながら噴き出す血を手で押さえていた。尼僧のひとりが意識を失い、若い尼僧は嘔吐し、三人目は声をあげて祈りをささげた。

私は若い尼僧の肩を摑んだ。泣き叫ぶ声や祈る声や呻き声をかき消すように兵士らは叫び、二人目の神父に、尼僧を犯せ、さもなければさっきの神父と同じ目にあうぞと命令した。兵士らがその神父にナイフで指図した。

私は若い尼僧を祭壇から連れ去った。

彼女は私がもらった、そう言って私は挑発的に顎《あご》をしゃくった。誰もが私の好きにさせてくれた。

この後の成り行きは見当がついていた、一人か二人を除いて生贄《いけにえ》は誰も生き残ることがないということも。神父は震えあがり、身震いしながら祈り続ける尼僧の両脚の間に這っていくだろう、兵士らは彼を急き立てる、彼の陰嚢をナイフの先で突ついて。そして彼は尼僧に挿入し、尼僧は彼を許し、彼が臆病で弱いことを許し、拒むことができるだけの男の度量がないことを許すのだ。神父は尼僧の純潔を冒瀆することになる、神の家で、血まみれになった祭壇のそばで、そこでは二番目の神父が自分の性器を咀嚼《そしゃく》している、というのも兵士らが彼に鼻や目も切り取ってやるぞと脅すからだ。結局、彼らはそれを実行するだろう。

神父は彼の前で準備の整った列を順番に処理するだろう。祈り続ける尼僧のお次は、あの失神した尼僧だ、神父が彼女の中に挿入するなり絶叫する、白人の尼僧が黒人の男性に汚されるのだ、兵士らが耳触りな笑い声を聞かせている間に、黒人の尼僧らが順番を待つ間に。だが順番の最後のほうになると、おそらくあの神父はもうできなくて、その時は兵士らは彼の性器を切り取り、その場で身を屈している女たちに、ひとりまたひとりと飛びかかることだろう。おそらく連中はその後で、乳首や胸をそっくり切り取ってしまうことだろう。私は彼らの残酷さを知っていた。

私は若い尼僧を教会の前の方に、洗礼盤として使用されているであろう桶の裏側に、連れていった。彼女の修道服ははだけて、その下には、ナイフで半分ずたずたに切られたシャツを身につけていた。私はそれをさらに開いた。彼女は黒い胸当てと黄ばんだ白色の大きなズロースを身につけていた。

自分で外すか、それとも私がやろうか？　私は尼僧に尋ねた。

吐瀉物がまだ彼女の顎についていていて、腕の傷からは血がしたたっていたが、深刻な状態ではなく、傷は深くなかった。彼女はわなわなとふるえていた。

あいつらじゃなくて私が相手だということを喜ぶんだ、と私は言った。どのみちやらねばならないんだ、逃げ道はないぞ。彼女にはそれが慰めに聞こえることを願った、私は彼女と同じく白人だったから。

彼女は、私がやる相手としては久々の、何年ぶりかの、最初の白人女性だった。私は興味津々だった。彼女は尼僧だから、初めてに違いない。私は打ち砕くのだ、彼女の純潔を、彼女の誓いを。

私にはそれができるとわかっていた。

この失われつつある生命を意のままにする、そのようにする権限をシンバの連中は自分たちに与えたのであり、後ろめたさなどまったく感じていなかった。そして私にしてみれば、彼らの一味になるのが、とりうる唯一の道だった、これによって私は生き延びるのだとわかっていた。

そして私は彼女のズロースをおろし、ポケットナイフで胸当てを切り裂いた。

彼女は大きな不安に満ちた目をしていて、せわしなく呼吸をすると、崩れ落ちた。

私はズボンのボタンをはずすと、さっさとことを済ませた。

それで終わり。

ティンペ、トンペ、テレリンク。

外にはヒェゼレの詩集が落ちたままだった。私はそれを道路脇に置き、平《たいら》な石をその上に乗せた。

樽に残ったガソリンを教会にふりかけ、宣教団の本部を燃やした。

私たちは尼僧と神父を残して去った、まだ十分助かる見込みのある者もいて、彼らは生き延びるだろう。

私たちは車に飛び乗り、消え去った。

ムンガンガはエンジンの唸り音をかき消すかのごとく笑った、彼にはそれができる、と私が思っていたとおりに。生き残った者はこの出来事について語るだろう、シンバの連中がどんなことでもやりかねないという恐怖は、やはり根拠があるのだと。

私たちは反逆者だった。

一度銃を手にしてしまうと、おいそれと手放せなくなった。私は任務を受けたが、実行する方法は私が決めることができた。

私たち傭兵は規律を心得ていたが、厳格に組織された兵士ではなかった。私は戦う相手が憎いわけではなかった。彼らが私を攻撃しても、彼らに腹を立てることはなく、射撃を命中させられる方でありたいだけだった。

誰ひとり、誰と戦うために戦場へいくのか、誰が権力をもっているのか、どの領土をあるいはどんな利益を得ようと戦っているのか、知る由もなかった。

私はチョンベの傭兵の一員として国際連合のブルーヘルメットと戦っていた。彼らは我々の戦闘機に驚き、空軍が運用されていることに当惑していた。ドルニエは優れたものではなかったが、フーガ・マジステールのほうは、大きな打撃を与えることができた。

ブルーヘルメットは戦闘機すべてを破壊した。

私たちは飛行場で奇襲をうけた。突然、スウェーデン人、エチオピア人、ネパール人、アメリカ人が現れた。ブルーヘルメットは私たちの兵舎に襲いかかってきた。私が銃を手にする前に、顎に銃の台尻が当たった。歯がぐらついたが、おかげで歯はより丈夫になった。

私たちは格納庫に追い詰められ、尋問を受けた。

私は熱があるように振る舞った、顎がくすんだ色をしていた。

野戦病院に向かう途中、私は監視役だったお人よしのスウェーデン人の裏をかいた。この辺りのことは彼よりよく知っていて、逃げることができた。

飛行機はそれで終わりだった。チョンベの軍隊と共に、地上の前線へと、村落へと向かった。

そしてチョンベの敗北後、私はキヴ州に戻り、それからピエール・ムレレのシンバに合流し、その後はフランス人の傭兵司令官が率いる無名の反逆グループと過ごした。選択肢は十分にあった。

キヴ州での任務は簡単だった。残った農園主たちが、白人傭兵による自前の軍を立ち上げていた。少なくとも私が把握している限りでは、なのだが。本当の事情には興味がなかった。彼らが、キヴ湖をパトロールするための人材を探していることを聞きつけた。私はタンガニーカ湖でボートを操縦したこと、カサイ川を船で下ったこと、副操縦士としてレオポルドヴィルまでコンゴ川を航行したことを伝えたが、あまり多くを説明する必要はなかった。

船長がマラリアで亡くなったボートを利用することができた。シャルルロワ生まれの鉱山労働者の息子を仲間にできるはずだったが、乗船する前に姿を消したのは、クロコダイルか現地の売春宿の害虫に食われてしまったからだろう、いずれもありうることだ、それで私はひとりで出航した。

穏やかな月日が流れた。

私はゆっくりとふたつの入江の間を往復した。最初の時は二時間かかった、ひとつの入江からもうひとつの入江へ行くのに。すぐに引き返す。岸辺を見張り、時には農園主からもらった望遠鏡を使用することもあった。たいていのことは、肉眼で事足りた。

不審な動きは何も見当たらなかった。軍隊の動きも、武装集団も、スパイも、まったく見当たらなかった。たまに岸辺に暮らす住民を見かけるのみだった。

一週間後、それを三時間行い、その後は四時間近く、ひとつの入江からもうひとつの入江へと航行した。国内の至る所で戦闘や殺害が行われている間、私は漁師として水上で穏やかに暮らしていた。

晩は停泊し、船上で寝泊まりした。農園主が用意してくれた食料と燃料で日々の生活をまかなった。

夜は反逆者も戦士も、油断のならない深淵やクロコダイルのせいで湖に入ることはできなかった。月明かりは十分ではなかった。

数週間後、私は見張るのをあきらめた。湖に誰がいようが、イディウィ島や対岸に辿りつこうとしていようが、気にしなかった。反目しあう党派のいずれにも私は与《くみ》しなかった。

時折、岸の近くまで船を寄せた、そこは水中に岩礁や隆起があって危険なところだが、それを巧みにかわしながら進めるすべを知っていた。オステンドっ子は、彼が思っていた以上のものを私に習得させてくれたのだった。

岸辺では、木々の中にいる猿や鳥を容易に観察することができたし、カバや岸のぬかるみで日光浴をしているクロコダイルに接近しようと試みたりした。時たま、森の奥から木々の葉によって起こる嵐のような風や、猿や鳥の鳴き声に耳を澄ませていた。クロコダイルはたじろぐことはなかった。カバはよろめきながら岸から去っていった。私はボートで浮かんでいた。

私がそこでボートに乗っていたのは戦争に加担していたからだ、とはいうものの、誰かと戦っているわけでもなければ、誰かから迷惑を被っているわけでもなかった。

私は彼らからもらった自動拳銃を分解し、部品をひとつずつ布で綺麗に拭いた。銃の部品が熱帯の太陽の下で輝きを放った、武器はここに置かれてあるように、部品を外して広げて、ばらばらにしてあると、すぐには使い物にならない、まるでコンゴがそうであるかのように。そして、銃をもとどおりにするやり方はわかっていても、ことコンゴに関しては、誰もわかっていないようだった。

時々、岸辺の住民がプラウ船で釣りにでかけた。

そういう者はそっとしておいた。どちらについたのか、戦争や進軍のことについて何か知っているのか、そういう迷惑をかける質問は一切しなかった。

私は休暇を取っていたのだ。

水上は心地よかった。ぬかるみでクロコダイルが休息するように。

十週間後、任務が交替になり、一緒に内地へ向かう任務を言い渡された。だが私にはその気がなかった。私は新しい軍服を身に着けることや、新しい仲間や異なる空気を欲していた。

鳥も猫も、壁にはいない。それぞれの動物にはそれぞれの生活があるだろう、鳥は猫を誘いだし、猫は鳥をむさぼり食ってしまい、そして今、どこかの庭のまだ暖かい灌木の下で休んでいることだろう。

私の記憶はあまり当てにならなくて、シモネとエルナを混同してしまうことがある。ふたりで移動遊園地に、南駅の夏の移動遊園地に行ったときも、夜のとばりが降りると大観覧車の回転する色とりどりのライトや、アトラクションで高らかに奏でられる音楽にうっとりとしたものだった。私たちはひとつの曲から次の曲へと歩を進めていった、エルナがまだバーで働いていた頃にふたりで踊った一緒に歌いやすい曲やディスコナンバーで。しかし何曲かは、その当時はまだなかった曲で、後にシモネと一緒に聴いたものだった。

私たちは人ごみが好きだった、音楽やライトも、ワッフルやエスカルゴの蒸気も、商売人が大きな声で叫ぶ「よってらっしゃい、みてらっしゃい」というかけ声も、地上に残っている人たちのあんぐりと開いた口も。そして、エルナだったかシモネだったかを、私のほうに引きよせ、上機嫌だった、というのも、もうすぐベッドの中でそうすることがわかっていたからだった。そして一度だけ、いやおそらくもっと頻繁にやっていただろうが、射的屋台で私はさりげなく銃を手にすると、すぐさま鉛の弾丸二十個を買った。

一発目では、銃身と照準との間の比率をテストした、銃身がわずかに傾いたり少し曲がっていたりすることがよくあるからで、それは縁日の銃であって、戦場の銃ではないからだ。

一発目の後、それがすでに命中することはよくあるのだが、どう狙うべきかが正確にわかった。

一歩あとずさりして、また撃った、命中、さらに一歩あとずさりして、射撃して命中、そしてさらに一歩、屋台から三メートルほど離れたところまで、アトラクションの並びの間にある道の真ん中まで下がり、そして撃てば命中し、石膏でできた細長い的が次々と木っ端微塵になり、的を壊すごとに点数をもらった。そしてエルナだったかシモネだったかは、どちらにせよ驚いた表情で見ていた、私の様子を、何杯ものビールを飲んでいたにもかかわらず、しっかりした手つきで簡単にやり遂げた様子を。

コンゴについて私はひと言も漏らさず、撃って得点を稼いだ。そして、巨大なピンクのくまの抱きぐるみを持って家に帰った。

何らかの武器を手にして戦いを探し求めなければならない、そして法によって禁止されていたことすべてが再び可能となり、独自の法を課すのだ。

誰もマルタのせいで私を追い出すことはなかった。

ブルーヘルメットに二度目の逮捕をされた時まで。

私たちの偵察兵が信用ならなかったのか、あるいは司令官たちが状況判断を誤ったのか、それとも連中がまったく役に立たなかったのか、三つ目が最もありうることだった。いずれにせよ、私たちは小さな村の人家の間に追い込まれていた。

望みのないことに一分たりとて無駄に費やす気などさらさらなく、どんな場合であれ、私は人生をあきらめようとはしなかった。私はあらゆる可能性についてじっくり考え、降参するのが最善だと思った。

横にいたフランス人の男性も賛成だった。

私たちの前には、コンゴ正規軍の黒人部隊が野営していた。村の東側には、コンゴ軍に割り当てられたブルーヘルメットがおり、そこに行くべきだ。コンゴ軍の部隊は、私たちを信用していなかった。

人家の土壁は、弾丸の楯にはなりえなかった。彼らが人家に向かって乱射し続ければ、遅かれ早かれ、私たちに命中する。私たちには安全に立てこもる場所などどこにもなかった。待つということは、処刑執行の延期に過ぎないということだ、文字どおり。

戦いの中で私がどれだけの死者を出したのか分からないが、おそらく十人ほど、あるいは数人、もしかしたら誰も殺していないかもしれない。分かっているのは、どの弾丸を発砲したのか、そのうちどれが音を立てるためや威嚇するための発砲だったのか、どんな場合に狙ったのか、ということだけで、どの発砲が死に至らしめたのかということは、一度たりとて分からなかった。

時々、そのことで冗談を言い合った、フランス人男性と私とで。

私たちは数人なら打ち殺してもかまわなかっただろうし、彼らの女房たちに命をぶちこむこともできただろうから、おそらく最終的にバランスがよくなるだろうなどと。

私たちは白旗に代わるものを持ち合わせていなかった、もし白いものを掲げるとしても、味方の兵士らがきっと私たちを打ち殺すだろう。

私はフランス人男性と目配せしあった。

私たちがやるべきことは、味方の兵士らが退却する際は東へと移動し、塹壕に身をひそめ、ブルーヘルメットが至近距離まで来るのを待ち、銃を両手で上に突き上げることだった。

味方の反逆グループの黒人が、私たちのことに気づいた。

フランス人男性は数秒も躊躇《ためら》わず、私たちを裏切る可能性がある前に、その黒人の頭を撃った。

すぐに銃撃戦がはじまり、私たちは二軒の人家の間にある溝で地面に身を伏せた。せいぜいもって十五分、その時ブルーヘルメットは村を包囲していて、私たちはオールのように銃をつきあげ、銃身を下に向け、投獄された。十分後には軍隊の残りも降参するか、非業の死をとげた。

その瞬間、私の戦争が終わったことが分かった。

私たちはトラックに乗せられ、ルアンダに移送された。

獄中生活は味も素っ気もないものだった。もう自由の身ではなくなると、フランス人男性は黒人に対して憎悪の念を抱いた。彼は黒人たちが卑屈だと思っていた。フランス人男性は黒人に飛びかかった。

そして彼は連れて行かれ、その消息は私にはわからない。

最後の日々は、スイスの独房ですごした。

その後、私はベルギーの地、メルスブルクの軍用飛行場に着陸し、コンゴでの生活は終わりを告げた。数時間後、母と抱擁していた。

立ったまま、調理台に寄りかかりながら、バターを塗った食パンを食べていた、手にビール瓶を持って。

最後の陽光が、キッチンの窓から彼の顔に落ちている。

彼は目をつぶった。

彼に光は必要なく、太陽のやわらかい温もりと、彼の肌を這う感触や、彼を満たしてくれるものが必要だった。

太陽はゆっくりと一日を滑り落ちていく。

彼がそこに居続けようとも。これで十分だ、ということが彼にはわかっている。

時間を追うごとに、彼は人生というものを熟知してきている。

ふたつのじゃがいも、ひと切れの肉、さじ一杯ほどの野菜、数枚のバターを塗った食パン、ひと皿のスープやコーヒー、これで十分だ。それを毎日、彼は相変わらず事もなげにやってのける。ビールは体のためではなく、彼の精神のためであり、たばこは嗜好のためだ。

あらゆるものに何らかの居場所を与える必要がある、と彼は社会福祉課の若い娘に言った。するとと自分の居場所も手に入れることになるのだ。

娘は慇懃《いんぎん》に笑ったが、彼女が理解していないことは彼にはわかっていた。

この家は私の居場所だ、と彼は言った。

彼はこの機会を見送るつもりはない。

彼は思い浮かべる、明日か明後日、彼が買うであろうゼラニウムがすでにかかっている壁を眺めている自分の姿を。

彼は眺めている自分の姿を思い浮かべる。

彼は玄関のドアを施錠し、フックがかかっている内テラスのドアの鍵をかけた。それから紐をたぐってシャッター式雨戸をおろした。居間はもう真っ暗だ。キッチンには洗ったコップが調理台に置かれてある。彼が飲んだビール瓶は、階段の上に空《から》になった他の瓶の横に置いてある。さあ日が暮れた、彼は上に行ってもいい。

彼は自分がよじ昇る階段を思い浮かべた。

彼は口から入れ歯を外し、グラスの中にいれ、それに水をそそぎ、翌朝のために準備をする。

寝室では、たんすの扉についた大きな鏡のなかの己と対峙する。

彼は、ベッドに向かって歩き、そこにあるパジャマを取る自分の姿を思い浮かべる。

彼の動きは唐突だ、そのことをようやく決心したかのように。ふいに彼はうつむき、パジャマを摑《つか》む。疲労の痕跡も、疑いの痕跡もみじんもない。

彼はげっぷをだした、階段の苦労の後のビールの、最後のげっぷを。

一瞬、彼はじっとたたずむ、ビールの味を飲み込むあいだ。それから彼は鏡に背をむける。

最後の数カ月、シモネが階段を上り下りするのを手伝った。彼女が着替えるときも手伝い、このベッドの中に彼女を寝かせて布団を掛けた。そしてベッドの縁を歩いて反対側へとまわり、ベッドの中に入った。

彼女にはわからなかった、彼の手が自分のお腹に置かれていたことが。

それから何度か試みたが、無駄だった。

シモネを撫でてあげるだけ、彼女はぶつぶつ言ったり、ため息をついたりして、時折、彼をさけることがあった。撫でることだけは、彼女が気に入ってくれていることもあり、それで気持ちよく眠りに落ちるのだった。

彼は寝室を後にして、パジャマを小脇に抱えて天井裏への階段を上り、天井裏の狭いドアを押し開けた。

シモネがまだいたとき、天井裏は使われていなかった。そこに物を蓄えておくことができるほど余分なものを持っていなかったのだ。

そこには蜘蛛の巣と虫の死骸があるだけだった。

埃《ほこり》っぽい板が、乾燥してきしんだ音をだす。

そこにはベッドがある。外気と分断しているのは屋根瓦だけ。激しく風が吹けば、彼は風を感じる。

それに天窓もある。夜には街のきらめきが見え、その灯りが薄れるにつれ、星明かりが姿を現し、飛行機のライトが見えるのだ。

天井裏は、丘のてっぺんの頂にある人家のようだ。いや、三階にある独房のようだ。

それ以上のものは、夜と、朝の起床時に必要はない。

彼は音に耳を澄ませる。

鳥、猫の鳴き声、たまに鐘の鳴る音、風向きによっては、飛行機、サイレン、車の音、バス、たまに足音、静かな通りを急ぎ足で通り過ぎていく、誰かが叫ぶ声。

こうしたものに居場所を与えるための記憶を、彼はたっぷり蓄えていた。

けれども、屋根の上を歩く軽快な足取りを最も切望するのだった。

社会福祉課の若い娘には、このことを知らせないほうがいい。天井裏の年老いた男性を、天候に関係なく施設に送りこもうとする理由には十分だ。

あなたのためなのよ、と彼女は言うだろう。

誰のためなのかわかっている、と彼は答える。

何でもあるのよ、介護も、食事も、娯楽も、あなたは何の心配もいらないの、と彼女が言う。

彼は同情の笑みを浮かべる。

明日、彼は地下室から植木鉢を取ってきて、明日、草がもう藁《わら》になったかどうかを見て、明日、彼は古いバケツがまだ地下室にあるかどうか見にいく。

そのままくつろいだ状態で、彼はフーガ・マジステールのタラップを上がり、コックピットに乗り込む自分の姿を思い浮かべる。ひとりの黒人がタラップを格納すると、彼はエンジンをかける。ドルニエ機はどれも使うことができない、二機は修理中で、三機目はすでに空を飛んでいた。

今回、彼はパイロットの役割だけで、ローデジア出身の白人が、機上射手として乗り込んでいる。

彼は滑走路を進んでいき、エンジンをうならせる。

そして離陸に向けて滑走する。

機体を上昇させるとすぐに、滑走路の端の灌木から鷺が飛び立つのが見え、ローデジア人が悪態をついて舷側の機関銃のハンドルを握るのが聞こえる、だが戦闘機の動きは早く、彼はぶっきらぼうに方向転換するが、弾丸を放つのが遅すぎて、鳥はエンジンの奥へと消える。

彼はすぐに戦闘機が力を失い、揺れてとんぼ返りするのを感じ、かろうじて丘の木々をかわす。彼はまだ一度も問題を起こしたことはない。

射出座席か?とローデジア人が叫ぶ。

彼はおだやかに違うと首をふる。彼は飛行機を広いカーブのところでぐらつきながら方向転換させる。機首を再びしっかり風に乗せようとすると、高度を失い、もう一度何本かの木の上をかすめる。彼は継続してハンドルを切り、逆ハンドルを切り、機体が旋回するのを防ぐ。彼はガソリンタンクを開ける。その状態を安定させるには、速度が遅すぎて、完璧な緊急着陸は到底無理だ。ふたつの滑走路を横切り、フーガ・マジステールは尾翼を地面にこすり、片側の羽のほうに傾く。飛行が終わる。

ローデジア人が彼の肩をたたく。

今晩、鶏肉を食べよう、と彼は言う。

一瞬のみならず、私は不確かで不安になった、と彼は思い出していた。動いている時は決して手を震わせてはならない、地上でも、空中でも、売春宿でも。酒を飲むときもだ、しっかりした手つきでなければならない。

君が猿の歯をもっていたからだ、と黒人の司令官は言った。

ローデジア人もうなずいた。

シンバはいつもそばにいる、とムンガンガがその後に言った、君が私たちに会わなくても、君が私たちのことを忘れても、私たちはやって来る、心が旅をして。

自分にしっかりした手があったからなのだと、わかっている。

こういうふうに物事は運んだ。

彼は枕を振り、元の位置におき、手の平でならした。

彼はズボンのボタンをはずし、腰からさげ、ベッドの縁に座った。片方のスリッパの先で、もう片方のかかとを押さえて脱がせる。両足のスリッパが足から滑り落ちるまで。それからズボンをくるぶしまでおろし、足を抜いた。

彼は天窓の方へと進む自分の姿を見る、まだ外に残る乏しい光の中で、沈みゆく太陽、昇りくる月、街のネオンの光が見える。

服を椅子に掛け、それから釘に掛けた。

彼はもう一度天窓を眺める。その下で彼が眠る天を。

突然、鋭くガタガタという大きな音が響く、チュン、チュン、チュン、すばやく飛び去ったクロウタ鳥だった。おそらくどこかから猫が忍び寄ってきたのだろう。それは天窓からは見えない。

空には太陽も月も見えなければ、星も見えない、太陽には遅すぎて、月には早すぎて、ちょうどいい塩梅の明かりでほんのりと薄明りに包まれていた、屋根の輪郭や遠くにある教会の塔、ヘルトーヒェン広場にある一、二本の木、雨樋のついた軒先、その下にある通りの裂け目を見るには。

アパートが建つ予定のこの地に。

彼は社会福祉課の若い娘のことを思いだして首をふった。

彼は天窓に背をむけた。ベッドの縁に腰をかけ、横になって布団の中に入った。それから、仰向けになる。

棟木を眺める、もはやおぼろげで薄明りに紛れてしまった棟木を。

彼の心が旅に出たかったら、それを止める気はない。
なすがまま、と彼は思う。
眠りを妨げるものは、もう何もない。

訳者あとがき

本書は、ベルギー・フランダース地方の作家エルヴィス・ペーテルスが二〇一二年に発表した作品「*Dinsdag*」の日本語訳である。

フランダースとは、オランダおよびドイツと国境を接するベルギー北部のことをいい、日本人にも馴染みの観光地アントワープ、ゲント、ブルージュを擁する地域である。古くからルーベンスやブリューゲルなどの絵画で有名だが、近年では「アントワープ６」を輩出したことでモード界で大きな注目を集めるほか、コンテンポラリーダンスカンパニー「ローザス」など現代芸術の分野でも、多くの日本人を魅了している。しかし、言語文化に関しては、その知名度は著しく低い。

ベルギーはオランダ語、フランス語そしてドイツ語を公用語とし、フランダース地方ではオランダ語が話されている。オランダ語で書かれた文学作品は数多く出版されているものの、児童文学をのぞけば、日本語に翻訳されているのは微々たるものである。優れた作家や作品が存在しているにもかかわらず、なかなか日本の読者にまで情報が伝わってこないのは残念なことだ。その現状を打破することを目指したのが、公益財団法人フランダースセンターである。

今春、同センターは東京に拠点を移したが、七〇年代より長きにわたり大阪を足場にフランダース文化の紹介、オランダ語教育といった活動に力を注いできた。二〇一〇年と二〇一一年にはフランダース文学翻訳セミナーを開催し、その受講生らの訳による短編集『フランダースの声』を松籟社より出版。本書は、それに続くプロジェクトの一環であり、今回私が選んだのは、このエルヴィス・ペーテルスの『火曜日』である。

エルヴィス・ペーテルス（Elvis Peeters）は一九五七年生まれ、ベルギー・フランダース地方にあるフラームス＝ブラバント州グリムベルゲンの出身である。現在、アントウェルペン州ケッセルに在住。本名はジョス・ヴェルローイ（Jos Verlooy）といい、一九八二年にパンクロックバンド「Aroma di Amore」のヴォーカリストとしてエルヴィス・ペーテルス名義で音楽活動を始め、文筆業でもこの名をペンネームとして用いている。ちなみに、

「Aroma di Amore」の他にもいくつかのバンド活動を並行して行っている。二〇一五年六月、フランダースセンターが四十周年記念イベントとしてゲントのギスラン博士博物館で開催した写真展「Facing Japan」のオープニングを飾るレセプションイベントにも招待され、ライブを行った。

ペーテルスはこうした音楽活動の傍ら、九〇年代から執筆活動も開始する。そして一九九二年、日常の事柄に深く切り込んだ短編作品集『猿の時間 *Het Uur van de Aap*』を出版。その後は小説、詩集、児童書、脚本など、コンスタントに作品を発表している。作品はいずれもエルヴィス・ペーテルス名義だが、妻のニコレ・ヴァン・バール（Nicole van Bael）と共同で創作するデュオ作家である。

二〇〇六年には、ヨーロッパに押し寄せる経済難民をテーマに、国から脱出する「私」、そして難民とかかわる人々の様子を描いた作品『数えきれないもの *De ontelbaren*』（二〇〇五年）が、オランダ語圏で権威ある文学賞のひとつリブリス文学賞の最終選考作品に選ばれる。本作品『火曜日 *Dinsdag*』は二〇一二年に発表され、二〇一三年のリブリス文学賞の最終選考作品に残ったほか、同じくオランダ語圏の権威ある文学賞であるＡＫＯ文学賞（二〇一五年よりＥＣＩ文学賞）においてもノミネートされている。そして二〇一五年、多様な現代社会を寓意的に描いた最新作『狩猟 *Jacht*』を刊行した。ペーテルスの作品は主にヨーロッパで訳されており、英語への翻訳は行われていない。『火曜日』はデンマーク語、トルコ語そしてクロアチア語で出版されており、彼の作品が日本語に翻訳されるのは本書が初となる。

『火曜日』は、タイトルどおり、ある火曜日に七十代の男性が起床してから就寝するまでの一日の様子を、ふとした拍子に彼の脳裏に浮かぶ若かりし頃の思い出と共に描いた作品である。計画性がなく気の向くまま自由奔放に過ごした過去と、特別に何もすることがなく、判で押したような生活が続くだけの現在とが、主人公の死生観を絡めながら、対照的に描かれている。ただ、今も昔もあらがうことなく、なすがままを貫く姿勢だけは変わっていない。また、主人公が過ごした動乱期のコンゴの様子も描かれており、ベルギーとコンゴとの歴史的関わりを窺える構成になっている。

コンゴ（旧国名ザイール）は二十世紀初頭からベルギーの植民地であったが、一九五〇年代後半より、本書にも名前が登場するジョゼフ・カサブブ、パトリス・ルムンバらが独立運動を展開する。一九六〇年にベルギーからの独立を果たすも時をおかず内戦状態となり、五年以上も混乱が続いた。

本作の「私」は、コンゴが独立《ディペンダ》を成し遂げた現場に居合わせたことになる。

今回の翻訳にあたっては、短編集の時と同じく多くの方々にご支援とご協力をいただきました。

まず、長年に渡り日本文学をオランダ語に訳しているゲント在住の翻訳家リュック・ヴァンホーテ氏には、前回に続き訳文のチェックをしていただき、丁寧なご指導と助言を賜りました。実務翻訳では短期間に大量の原稿をこなす経験は積んでいるものの、勝手の違う文学作品を一冊まるまる訳すのは初めてのことであり、作家の独特の筆致にもてこずり、予定よりも時間がかかってしまい、ご多忙なリュックさんに大変ご迷惑をお掛けしました。

次に、校正の段階では松籟社の木村氏に大変お世話になりました。原作のスタイルを生かしつつ自然な日本語訳になるよう、的確なアドバイスや推敲をしていただきました。

そして、公益財団法人フランダースセンターのカトリッセ館長ならびにネーフス氏は、この翻訳プロジェクを立ち上げ、セミナーの開催、そして出版まで、翻訳家をめざす私たちに大きなチャンスを与えてくれました。

こうした方々のお蔭で、本書を上梓できたことに加え、これまで日本語に訳されることがほとんどなかったフランダース文学を、ひとつでも多く日本の読者にお届けできることは大きな喜びであります。心より厚くお礼を申し上げます。ありがとうございました。

本書を読んでいただいた方々が、フランダース文学とオランダ語に興味を抱いていただき、少しでも日本におけるオランダ語の普及に貢献できれば幸いです。

二〇一六年吉日　堺市にて

鈴木民子

本書は公益財団法人フランダースセンター及びフランダース文学基金より
助成を得て刊行されました。

[訳者]

鈴木　民子（すずき・たみこ）

1961年、堺市生まれ。堺市在住。

京都外国語大学ドイツ語学科卒。公益財団法人フランダースセンターにてオランダ語を学ぶ。ドイツ語とオランダ語で実務翻訳に従事しながら文芸翻訳を学び、2010年および2011年、フランダースセンター主催のフランダース文学翻訳セミナーに参加。同センターが松籟社より出版した現代ベルギー小説アンソロジー『フランダースの声』では、トム・ラノワの作品『完全殺人（スリラー）』の訳を担当した。

フランダースの声

火曜日

2016年10月14日　初版発行　　定価はカバーに表示しています

著　者　エルヴィス・ペーテルス
訳　者　鈴木　民子
発行者　相坂　一

協　力　フランダース文学基金
　　　　フランダースセンター

発行所　松籟社（しょうらいしゃ）
〒612-0801　京都市伏見区深草正覚町1-34
電話　075-531-2878　振替　01040-3-13030
url　http://shoraisha.com/

印刷・製本　モリモト印刷株式会社
カバーデザイン　安藤　紫野

Printed in Japan

ISBN978-4-87984-349-4 C0397

創造するラテンアメリカ2

セサル・アイラ『わたしの物語』（柳原孝敦 訳）

「わたしがどのように修道女になったか、お話しします。」──ある「少女」が語るこの物語は、読者の展開予想を微妙に、しかしことごとく、そして快く裏切ってゆく。

［46判・ソフトカバー・160頁・1500円＋税］

創造するラテンアメリカ3

マリオ・ヂ・アンドラーヂ『マクナイーマ　つかみどころのない英雄』（福嶋伸洋 訳）

ジャングルに生まれた英雄マクナイーマの、自由奔放で予想のつかない規格外の物語。ブラジルのインディオの民話を組み合わせて作られた、近代ブラジル小説の極点的作品。

［46判・ソフトカバー・264頁・1800円＋税］

創造するラテンアメリカ4

フアン・ガブリエル・バスケス『物が落ちる音』（柳原孝敦 訳）

ガルシア＝マルケス以後の、新世代のラテンアメリカ文学を牽引するJ・G・バスケスの話題作。ビリヤード場で知り合った一人の男、元パイロットだというその男はいったい何者なのか、そしてその過去は……？

［46判・ソフトカバー・320頁・2000円＋税］